どこにもない短篇集

原田宗典

どこにもない短篇集　目次

ただ開いているだけの穴

その部屋へぼくを案内する道すがら、不動産屋の中年男は口元を歪《ゆが》め、実にきまり悪そうな様子でこう言った。

「いいお部屋なんですよ本当に。ただひとつだけ欠陥というか……」

「欠陥、ですか?」

「いいえ、そんな大袈裟《おおげさ》なものじゃないんですけどね。ちょっとしたことです。そのせいで家賃がこんなに安いわけでして……」

「何です。はっきり言って下さい」

ぼくらはそのアパートの外階段を上り始めているところだった。平凡な木造モルタルの二階家だ。扉の数を勘定すると、全部で八部屋あることが分かった。不動産屋の中年男はポケットから鍵束《かぎたば》を出してちゃらちゃら言わせながら、ゆっくり階段を上った。そして上り切ったところで、こう言った。

「穴がね、開いてるんです」

「穴?」

「ええ。壁にね、穴が開いてまして」

「塞《ふさ》げばいいじゃないですか」

ぼくは苦笑して言い返した。しかし不動産屋は微笑むどころか、かえって深刻な表情になって答えた。

「これがねえ、そう簡単に塞げるものじゃないんですよ。まあご覧になって頂ければ分かると思いますが」

不動産屋は先に立って扉の鍵を開け、部屋の中に入った。続いて入っていくと、ずいぶん長い間借り手がなかったらしく、室内は強烈な黴《かび》の臭いに満ちていた。不動産屋が扉の上のブレーカーを入れると、ややあって、天井の蛍光灯が灯る。

何の変哲もない六畳一間の部屋だ。正面にサッシの窓、右手に小さめの押し入れ、玄関口の脇に申し訳程度の流しがある。問題の穴というのは、左手の白壁のほぼ中央に開いていた。ちょうど大人の頭ほどの直径で、正確な円形にくりぬかれている様子は、機械を使用して作為的に開けたことを想わせる。ぼくは不動産屋を玄関口に残して、その穴へ近づいてみた。

それは、とても不思議な穴だった。

穴、と呼ぶのが適当かどうか、甚だあやしい。壁が穿《うが》たれているというよりも、壁の表面に別の空間が存在しているような感じなのだ。内部は真っ黒で、どれくらい深さがあるのか見当もつかない。穴ならば当然抜けて見えるはずの向こう側の風景が、まったく見えない。

「これは……漆喰《しっくい》とかで塞げないんですか」

振り向いてそう尋ねると、不動産屋の中年男は小脇に抱えていたスポーツ新聞をぼくに放ってよこした。

「それで塞いでごらんなさい」

言われるまま新聞紙を手に取り、穴の上へ蓋《ふた》をするように翳《かざ》してみる。と、どういうわけなのか、今度は新聞紙の表面に同じ穴が口を開けるのである。まるで対面から映写機で穴の映像をそこへ映しているような具合なのだ。

「向こう側は？　どこへ通じてるんです」

そう尋ねると、不動産屋は苦笑して首を横に振った。

「何しろそんな大きさですからねえ。中へ入って探検するわけにもいかんのです」

言われてみればもっともな理屈だ。もし仮に穴の直径が二メートルあっても、中へ入っていく勇気はなかなか湧かないだろう。ぼくは試しに、持っていた新聞紙を細長く丸め、穴の中へ突っ込んでみようとした。が、穴は新聞紙を受け入れようとはしない。まるでキャンバスに描かれただまし絵のようだ。新聞紙は、一センチも中へ入らなかった。

「ああ、中には何も入りませんよ。もちろん向こうから何か出てくることもありません。隙間風ひとつ吹くわけじゃなし。その穴は、ただそこにぽっかり開いているだけなんです」

「ただ開いているだけ……」

ぼくは不動産屋の言葉を、呪文《じゅもん》のように繰り返した。そしてしばらく腕組みして考えあぐねた挙句、この部屋を借りることにした。穴に対する好奇心からというよりも、純粋に経済的な側面からの決断だった。その部屋の家賃は、相場の十分の一だったのだ。

こうして、ぼくと不思議な穴との共同生活が始まった。とはいえ、お互いに干渉し合うことはまったくない。穴はそこに開いているだけだし、ぼくは穴以外のスペースを使って暮らしているだけなのだから。

ただ困るのは、時々穴が位置を勝手に移動することだ。壁の範囲で移動する分には文句もないのだが、先日は眠っているぼくの胸の上へ移動してきた。明け方、妙な胸騒ぎがして体を起こしてみると、胸にぽっかりと穴が開いていたのだ。

物理的に体の具合が悪くなるわけではなかったが、とても虚《むな》しく、やるせない気分だった。立ち上がり、室内をしばらく歩き回ってみたが、穴が移動する気配はなかった。人と会う約束があって表へも出たが、やはり穴もついてくる。しかし傍目《はため》にはTシャツの柄のようにしか見えなかっただろう。二、三日そのままの状態だったのでぼくは大変困惑したが、ある晩また元の位置へ戻ってくれたので助かった。

しかしそうなったからといって、ぼくの虚しくやるせない気分はまったく消えなかった。ぼくはそのことに気づいて思わず苦笑した。ようするにこの気分は穴のせいではなかったのだ。

穴は、ただそこにぽっかり開いているだけだ。

祖父のメンテナンス

ぼくは祖父が苦手だった。

何故だか分からないけれど、昔から敬遠していた。ぼくに対して意地が悪いとか、癇癪《かんしゃく》持ちであるとか、そういうわけではない。理由はないのだが、ただ漠然とした畏《おそ》れを感じていた。

一年に一度か二度、盆や正月に父母とともに訪ねると、祖父は嬉《うれ》しそうな笑顔でぼくらを迎えてくれた。はたから見れば、ごく普通のおじいちゃんだったろう。孫であるぼくに対しては優しかったし、せがめば何でも買ってくれた。温厚で実直な田舎の人間。童話に登場するような年寄り……。

しかし何かが違う。

ずいぶん幼い頃から、ぼくはその〝違い〟を感じ取っていた。が、上手《うま》く言葉にできなくて、誰にも告げることができなかったのも事実だ。

祖父に対する畏怖《いふ》が形となったのは、ぼくが小学校四年生の時。祖母が亡くなった数日後のことだ。

その日、ぼくは父母に伴われて葬儀に出席し、祖父の家に泊まった。Y県の外れにあるその家は、やたらに部屋数が多いことだけが自慢の、古い日本家屋だ。何度も訪れては泊まっているのに、慣れることができない。この家屋自体も、ぼくは苦手だった。

父母や親戚《しんせき》が寝静まった真夜中に、ぼくはふと目が覚めてしまい、手洗いへ行った。もちろん怖かったが、父母を起こして付き合わせるのも気がひけた。そういう羞恥心《しゅうちしん》が芽生える年頃だったのだろう。薄闇の中、手探りで襖《ふすま》を開けて部屋から部屋へ、びくびくしながら進んで行くと、やがて明かりの漏れている部屋へ行き当たった。それは、祖父の部屋だ。ぼくは不安と好奇心に胸の内を掻《か》き乱されながら、襖をほんの少し開けて、中を覗《のぞ》き見た。

明々と灯《とも》った蛍光灯のもと、立て膝《ひざ》でしゃがみ込んでいる祖父の姿が見える。右手にドライバーを持って、その切っ先を首筋へ当てがっている。ぐっと力が籠《こ》もり、ドライバーの先端が肌の中へ差し込まれる。ぼくは息を呑《の》んだ。祖父はそのままドライバーをぐりぐり回転させ、しばらくしてから引き抜いた。肌には、傷跡も血痕《けっこん》も残っていない。続いて祖父は、茶箪笥《ちゃだんす》の引き出しからプラスチック製の給油器のようなものを取り出し、それをまた首筋へ当てがった。底の部分をパコパコ押して、首の中へ液体を注入している様子だ。ぼくは思わず身を乗り出して、迂闊《うかつ》にも額を襖にぶつけてしまった。

その物音に気付いた祖父が、険しい顔でこちらを向く。目が合って、ぼくは叫び声を上げそうになった。祖父は立ち上がり、静かに歩み寄ってくる。襖が開かれる。

「誰だい？」

ぼくは全身を硬直させて、その場に座り込んでいた。祖父はぼくを見下ろしたまましばらく黙り込んでいたが、その内急に相好を崩し、

「何だお前か」

そう言ってぼくの頭を撫《な》でた。その手は、氷のように冷たかった。

「今見たことは誰にも言ってはいかんぞ。いいか。分かったか？」

続けて祖父はそう言った。ぼくは後ずさりしながら、強くうなずいた。

「よし。じゃあもう寝ろ」

その言葉が終わらない内にぼくは踵《きびす》を返し、後も見ずに走り出した。息もつかずに父母の寝ている部屋へ駆け戻り、母親の体にしがみついて、がたがた震えている内にいつの間にか眠ってしまった。

あれは夢だったのか、どうか。翌日になるともうはっきりしなかった。祖父もいつも通りに家族と接していて、何ら変わったところはない様子だったのだ。

この一件を、ぼくは何年もかけて曖昧《あいまい》なものにしてしまおうと努めた。あれは夢だった

のだと、何とか自分に言いきかせた……。

あれから、もう二十年が経つ。

祖父は相変わらず健在で、Y県のあのだだっ広い日本家屋に独りで暮らしている。いまだに数年に一度は会う機会があるが、これといって変わった様子はない。

もちろんぼくは、今も祖父が苦手だ。

しかしそんなことよりも問題なのは、最近ぼく自身が、首筋にドライバーを突き立ててみたい衝動にかられることだ。もしかしたら何の痛みもなく、ドライバーの切っ先はぼくの首の中へ差し込まれるのではなかろうか。そしていつの日か、ぼくも祖父と同じように首の中に注入する液体が必要となるのではないか。

そんなふうに思うと、ぼくは自分自身に対して畏れを抱いてしまうのだ。

何のアレルギー?

食事を始める前から、既にその兆候はあった。

何となく目が痒《かゆ》くて、鼻がむずむずし始めていたのだ。夕方、約束の時間通りに銀座三丁目の角で彼女と落ち合って、歩き出したとたんにそうなった。

「ようするに花粉症ってやつよね」

レストランのテーブルにつくなり鼻をかみ始めたぼくを見据えて、彼女は言った。その口調には同情とともに、どこか蔑《さげす》むような気配が漂っている。

「花粉症？　馬鹿言うなよ。もうとっくに季節は過ぎてるじゃないか」

「何事にも例外っていうのはあるものよ」

「花粉じゃない。断言してもいい」

「じゃあ何？」

「それが分かれば苦労はないんだけどな。しかし少なくとも花粉じゃない。それ以外の何かだ」

「自信たっぷりじゃないの」

「他でもない自分の身体だからね。ある程度は分かるのさ」

ぼくは大きなクシャミをした。その拍子に、持っていたメニューを取り落としそうになる。向かい側に座っている彼女は一瞬顔を顰《しか》め、ぼくと目が合うと素早くメニューの陰に隠れた。

やがてボーイが現れ、背後に控えて注文を取る。決めかねてぐずぐずしていると、彼女の方がまずワインを、そして料理の注文を告げた。ぼくはあまり食欲がわかなかったので、前菜とコンソメスープ、魚を一品。それで充分だと思った。メニューを戻しながら、ボーイにこう訊《たず》ねる。

「魚は何ですか?」

「イトヨリのグリルです。それにタルタルソースをからめて……」

「タルタルソースはだめだな。卵が入ってますよね?」

「はい」

「じゃあグリルして、塩胡椒《こしょう》だけで味つけしてもらえますか」

ボーイは怪訝《けげん》そうな表情で一瞬沈黙した後、慇懃《いんぎん》に「かしこまりました」と呟《つぶや》いて引き下がった。呆《あき》れ顔で彼女がテーブルの上へ身を乗り出し、小声で言う。

「卵、だめなの?」

「そうみたいなんだ」

「だって先週、ホテルの朝食でオムレツ食べてたじゃない」

「あの時、君には言わなかったけど体じゅう痒くて堪《たま》らなかったんだ。瞼《まぶた》の裏側まで湿疹《しっしん》が出てたんだぜ」

「そう。卵なの……」

「卵だけじゃないらしいんだな、これが。油っぽいものもヤバいし、胡麻《ごま》もだめだ」

「いつからそうなったの？」

「……分からない。二週間くらい前かな。急にそうなった」

ぼくは別に嘘を言っているわけではなかった。もっと注意深く、ぼくの様子に関心を抱いていれば、彼女にも分かったはずだ。ここ二、三週間、彼女と一緒に食事をするたびに、ぼくはあちこち痒くなったり目が潤んだり熱っぽくなったりしていたのだ。

「厭《いや》ね。お医者さんに診てもらった？」

「うん。明日行こうと思ってる」

「愚図ねえ。どうしてもっと早く行かないのよ」

彼女の物言いには、鋭い棘《とげ》が含まれている。ぼくは溜息《ためいき》を漏らし、口を噤《つぐ》む。

やがてボーイが彼女の注文した白ワインを運んでくる。当然のような顔で彼女が利き役を果たし、それからぼくのグラスにも注がれる。ぼくは多分憂鬱《ゆううつ》そうな表情をしていたのだろう。目が合うとボーイは、必要以上に大袈裟《おおげさ》な愛想笑いを返してきた。

「じゃあ乾杯」

彼女はグラスを掲げ、ぼくのグラスに冷たいガラスの音をチンと響かせると、

「あなたのアレルギーに」

と付け加えた。相変わらず趣味の悪い冗談だ。ぼくはまたひそかに溜息を漏らし、どうして自分はこんな女と一緒に食事をしているのだろう、と思った。

確かに彼女は美しい。黙って受付に座っている様子は観賞用の花のようだと、社内でももっぱらの噂だった。だから交際し始めた当初は、同僚たちからずいぶんやっかまれたものだ。自分で言うのも何だが、ぼく自身はこれといった取り柄もない平凡な男で、お世辞にも彼女と釣り合っているとは言えない。もっと彼女に相応《ふさわ》しい独身男性は、社内に沢山いるはずなのだ。にもかかわらず彼女がぼくを選んだのは、何故だったろう？　今にして思うと、単なる気紛《きまぐ》れだったのかもしれない。

きっかけは、忘年会の二次会から流れて、同じタクシーに乗り込んだことだった。彼女はかなり酔っていたので、肩を貸して部屋までついていったところ、急に甘い声を出してしなだれかかってきた。素面《しらふ》だったらおたおたしてしまったろうが、酒が入っていたため

に気持が大きくなっていた。ぼくはベッドへもぐり込むのももどかしく、カーペットの上で彼女を抱いた。

　しかし付き合い始めてしばらくすると、彼女が美しさ以外はあまり持ち合わせのない女であることが、少しずつ分かってきた。男友達からちやほやされることに慣れっこになっているので、何をしてやっても、なかなか喜ばない。そのくせ自分の方から能動的に働きかけることもなく、不平を漏らすばかりなのだ。

　乾杯したグラスを口許《くちもと》へ持ってきて、一口含む。丸っこい酸味が口の中一杯に広がり、鮮やかな香りが鼻へ抜けていく。とてもいいワインだ。美味《うま》い。

　ところが一瞬の間をおいた後、首筋から後頭部にかけて、燃えさかる絵筆でさっと掃かれたような感触が走った。たちまち堪えがたい痒みが、ぼくの頭を襲う。それは今までに経験したことのない、猛烈な痒みだった。ぼくは反射的にその部分へ手をやり、激しく掻《か》きむしった。外皮というよりも、頭の内側が痒い。掻いても、痒みは一向におさまらないのだ。

「どうしたの？」

　彼女は驚いて、椅子から立ち上がりそうになる。それを目で制し、ぼくの方が立ち上がる。何か言い訳をしたかったが、あまりの痒みにそれもままならない。ぼくは両手で頭を激しく掻きむしりながら、テーブルを離れ、小走りに洗面所へ向かった。中へ入り、内鍵《うちかぎ》をかけて、鏡の前へ行く。すると嘘のように痒みがひいていった。どういうことなのか、よく分からない。ぼくはしばらく鏡の前に佇《たたず》み、痒みが完全に失せたことを確かめてから、洗面所を出ようとした。すると再び、頭の内側がむずむずし始める。驚いて鏡の前へ戻ると、痒みはさっと消えてしまう。何度か繰り返している内に、ぼくはその理由を何となく理解した。

アレルギーの原因は、彼女の存在だったのだ……。

削除

まず、自分の肩が見えた。その上へ頬を載せて、ぼくは横たわっている。両手を胸の前で軽く握り、膝《ひざ》を曲げて、胎児のような姿勢を作っている。頭まですっぽり被《かぶ》った掛け布団の温《ぬく》もり。身じろぎを柔らかく押し返してくるマットの感触。そして自分の吐く息の音。丸めていた身体をゆるゆると伸ばしながら、ぼくは鈍く目覚めていく。

眩《まぶ》しさに顔を顰《しか》め、寝返りをうつ。たった今まで見ていた夢の内容を、忘れかけている。いつものことだ。慌てて取り戻そうとしても、手応《てごた》えもなく消えてしまう。

もう一度、寝返りをうつ。

何だろう？　妙な感じがする。女物のシャツを着てボタンをとめているような、ちょっとした違和感がある。どこか身体の具合が悪いのか、あるいは今忘れた夢のせいなのか……何かがしっくりこない。

掛け布団から顔を覗《のぞ》かせると、冷え切った空気が肌を撲《う》った。ぼやけていた意識が、ふっと引きしまる。とたんにぼくは思い出す。視界の隅を卓上時計が掠《かす》めたのだ。慌てて起き上がり、時間を確かめる。

十時五分。

一瞬、呆気《あつけ》にとられてしまう。どうして今頃まで……アラームのセットを忘れたのだろうか。

掛け布団をはねのけ、転がるような勢いでベッドを出る。カーペットの上に散らばった服を掻《か》き集め、大慌てで着る。机の上の鉛筆を二、三本ひっつかんで、尻《しり》ポケットに差し込む。鞄《かばん》は？　足元を見回すが、すぐに諦《あきら》めてジャンパーを羽織る。そして部屋を飛び出す。

十時二十分からフランス語の試験が始まるはずだった。動詞変化の筆記で、どう考えても出来がいいはずはなかったが、とにかく試験さえ受ければ単位はもらえる授業なのだ。

玄関の扉を後ろ手に閉め、鍵《かぎ》もかけずに階段を駆け下りる。寝起きのせいか、膝が笑いそうだ。焦っている意識と、身体とが上手《うま》く馴染《なじ》んでいない。

階段を下り切った突き当たりのブロック塀に、自転車が立てかけてある。スタンドを蹴《け》り上げて飛び乗ると、ハンドルが思いのほか冷たかった。握りの部分にはゴムが被せてあるのに、まるで金属のように冷え切っている。サドルからもひんやりした硬い感触が尻に伝わってくる。アパートの前は緩い下り坂だ。ぼくは力強くペダルを踏み始める。とたんに真正面から細かい針を含んだような風が吹きつけてくる。

手袋をしてくるんだったな。

後悔するのと同時に、奇妙な胸騒ぎがした。何かもっと大事なものを部屋に忘れてきたような気がする。いや、それは〝もの〟ではなく、誰かと交わした大切な約束だったか……。

ぼくはペダルを踏む足を止め、ぼんやりと考えあぐねながら、惰性で坂を下っていく。

何だったろう?

しかし思い当たるふしはない。もっとも思い出せたところで、今さら引き返す暇などなかったが。

再びペダルを踏んで坂を下り切る。突き当たりを右へ折れ、都電の線路沿いに十分ほど走れば、大学が見えてくる。全力でペダルを漕《こ》げば、五分遅れくらいで教室へ入れるだろう。

二月の、多分一番寒い日だ。

見上げると空は、異様なほど澄みわたっている。雲がひとつもない。まるで絵に描いたような空だ。

都電通りを二十メートルほど走ったところで、ぼくはペダルを踏む足を止めた。チェーンが空回りする油っこい金属音が、辺りに響く。あらためて周囲を見回す。

何かが変だ。

聞こえるのはチェーンの音と、ぼくの息遣いだけ……静かすぎるのだ。普段なら気にも留めずにやりすごしている街の様々なざわめきが、えぐり取ったようになくなっている。ぼくはブレーキに指をかけて握った。自転車のスピードは徐々に弱まっていき、やがてベアリングがきいと鳴って止まった。

それで一切の音が消えた。

ぼくは片足をついて伸び上がるようにし、線路沿いのまっすぐな道を見晴らした。それから身体をひねり、自分が今走ってきた道を振り返った。

誰もいない。

物の動く気配がまったくないのだ。いつもならぼくと同じ大学へ通う学生たちの姿が、切れ目なく続いているはずの道なのに。主婦やサラリーマン、工事夫、子供……それどころか犬猫の姿さえ見えない。もちろん車も走っていない。道端に停めてある車は数台あるけれどドライバーの姿はなく、置き去りにされた感じだ。

じっとしていることに耐えられなくなって、再びゆっくりとペダルを漕ぎ始める。タイヤのゴムが路面の細かい砂を踏み過ぎる音や、逆回転させるチェーンの几帳面《きちようめん》な音……。走りながらぼくは、今置かれている状況を把握しようとするどころか、逆に何とか自分をごまかせないものかと考えた。まるで真夜中に目覚めてしまった子供が、闇の中へ目を凝らせないように。

確かめるのが恐くて、結局ぼくは大学の校舎が見え始める辺りまで、ゆるゆると走り続けてしまった。家並みの向こうに、正門前の講堂の屋根が唐突に高く突き出している。

やはりこれは単なる偶然なのではないだろうか？

自分でも分かるほど唇の端を吊《つ》り上げて、にやにや笑いながらそう思う。

何億分の一の確率かもしれないが、数分間だけ、この界隈《かいわい》の人通りが完全に途切れているだけなんじゃないのか？　もう少し行ったら、例えばあの路地から子供が飛び出してくるかもしれない。あるいは自動車が急に背後から追い越しをかけて、猛烈なスピードでぼくの髪を揺らすかもしれない……。

振り返ってもう一度背後を確かめる。が、そこには先程と同じ静止した風景が広がっているだけだ。五百メートルほども見通せる一直線の道が、路面電車の線路に沿って、何の気配もなくただまっすぐに延びている。視線を正面に戻しても、同じことだ。道の両脇に林立している民家やマンション、小さな貸しビルなどの窓は一つ残らず閉ざされ、一枚の写真のようだ。

無理に装っていたにやにや笑いが、次第にこわばってくる。

と、視界の隅を、何かの動きが掠めた。慌てて目を凝らす。二、三百メートル先の信号が変わったらしい。青から、黄色へ。自転車の速度を上げながら意識を集中する。続いて今度は黄色から赤へ、その信号は確かに変わった。大学の正門へ折れる、いつもの交差点だ。

ぼくは必死にペダルを漕ぎ、信号の真下に止まる。後ろへ反り返るような恰好《かっこう》で見上げる内に、それは赤から青に変わった。耳を澄ますと、微《かす》かだが音も聞こえる。色が変わる瞬間に、かちりとストップウォッチを押すような音がする。

首が痛くなるまでそうしていてから、ようやくぼくは視線を下ろした。自分の吐く白い息の向こう側に、さっきと同じ沈黙の街が広がっている。

何が起きたのだろう?

考えあぐねながら、またペダルを漕ぎ始める。信号を右へ、緩い上り坂を百メートルほど行けば、さっき遠目に見えた講堂の前へ出るはずだった。

この地区周辺の住民が、何らかの理由で一時的にどこかへ避難する事態は想定できないだろうか。例えば大地震の予報、あるいは核ミサイルがこの地区へ落ちてくるという確かなニュース……。考えられないことではない。しかし、だとしてもこんな短時間に一人残らず避難しきれるものだろうか。しかもぼくだけを残して。犬猫までもが見当たらないのは、どう説明すればいいのか。

思いついてぼくは空を仰ぐ。部屋を出た時と変わらぬ晴天――青すぎて、作りもののようだ。鳥の姿も見えない。いつもなら講堂の屋根裏を根城にしている鳩たちの姿が、電線や道端に散っているはずだった。昨日の夕方は確かにいた。アパートへの帰り道、自転車でこの坂を下る時に、パン屑《くず》をついばむ鳩たちが驚いて一気に飛び立つのを見た記憶がある。

恐ろしさというよりも焦燥に駆り立てられて、ぼくは自転車のスピードを上げた。両側に軒を並べる学生相手の商店の中へ、ちらちらと視線を投げながら、力一杯ペダルを踏む。確かめてみると、どの店も電灯が点《つ》いている。喫茶店の扉には「営業中」の札が下がり、店の前はたった今掃いたばかりのようにきれいになっている。レストランも本屋も酒屋も、同じ状態だ。

しかしその整然とした様子は、かえってぼくを混乱させる。

左手前方にようやく講堂が見え始めた。ぼくはほんの少しほっとして、その見慣れた建物を懐かしく眺めやった。そして右へ体重を傾けながらハンドルを切り、正門を潜《くぐ》る。

やはり誰もいない。

ぼくは一旦《いったん》自転車を止め、片足をついて構内を見回した。どこか様子が違うのだ。学生たちの姿が見えないだけではない。何かがいつもと違う。

ぼくは自転車を降り、それを押し始めた。校舎に向かって延びているスロープをゆっくり上がりながら、小さく咳《せき》をし、すがるような思いで耳を澄ます。何の音もない。大声で誰かを呼んでみようかとも思ったが、とてもできそうにない。きっとぼくの声は虚《むな》しく反響し、後にはより深い静けさが沈澱《ちんでん》するに違いない。

ふと顔を上げると、ぼくはいつのまにか一五一教室の前まで来ていた。例のフランス語の試験が行われる予定の教室だ。思いついて振り返り、連絡掲示板の上の大時計を眺める。

十時三十分。時計は確かに動いている。

ぼくは自転車のスタンドを下ろして停め、教室の扉へ向かいかけて、急に躊躇《ためら》った。この日初めて、恐ろしさが胸をよぎったのだ。何かとんでもないものが、扉の向こう側で待ち受けているような気がする。すべての人間を消滅させ、最後の一人であるぼくを今まさに捕らえようとして、息をひそめている何かが……。

ぼくはすぐに後退できるよう身構え、思い切って扉を開けた。

擂鉢《すりばち》状に配列された座席が、まず目に入る。続いて教壇と黒板。防音の施された壁と、天井。ぼくは中へ足を一歩、踏み入れる。

からっぽだ。

表よりは少しだけ暖かい空気が、ゆったりと揺れて頬を撫《な》でる。床のリノリウムから、塗り立てのワックスの匂いが立ち上がってくる。ぼくは貼りついたようにその場に立ち竦《すく》む。とにかく教室まで行ってみようという思いが、ここでふっつりと断ち切られてしまったわけだ。次に何をすべきなのか、考えなければならない。

振り向くと連絡掲示板の上の大時計は、十時三十二分を指している。

昨夜ぼくが寝たのは午前二時半。闇の中でうとうとし始めるその間際まで、モルタルの壁一枚隔てた隣室の話し声が聞こえていたから、あの時点では何も起きていなかったはずだ。ということは、ぼくが眠ってしまってから現時点までの八時間の間に〝何か〟は起きたのだ。

考えながら自転車の方へ歩き出そうとした矢先、ぼくの視線は釘《くぎ》づけになる。購買部脇にある電話ボックスに気づいたのだ。その四角い無機的な箱を見据えながら、初めはゆっくりと歩きだす。しかし抑えることができずに小走りになっていき、やがて五階建ての校舎の壁面に足音を高く響かせて駆け出してしまう。電話ボックスまでがふっと掻《か》き消えてしまうような錯覚にとらわれ、気が気ではなかった。

ボックスの中へ駆け込み、息を弾ませながら尻《しり》ポケットを探る。指先に鉛筆が触れた。

左側のポケットには何も入っていない。前ポケットも、ジャンパーのポケットも空だ。慌てて部屋を飛び出してきた自分を思い出し、その場に座り込みそうなほど落胆する。しかしすぐに気を取り直して、無駄とは思いながらも返却口へ指を差し入れる。そして何の手応《ごた》えもないことを確かめると、顔を上げ、電話機脇に取りつけられた非常用ダイアルを見つめる。

〝強く押してください〟

ちょうど目の高さに、ストッパーを解除する赤いボタンがある。一旦は受話器を手に取ったものの、そのままの姿勢でぼくは躊躇った。こんな事態に陥っているにもかかわらず、その赤いボタンを押すことはやはり気後れがする。

ぼくは言い訳のような繰り言を脈絡もなく口の中で呟《つぶや》きながら、ボックスのガラス越しにもう一度だけ構内を見渡した。そして相変わらず誰もいないことを確かめると、思い切って解除ボタンを押した。続けて、迷う間を自分に与えないように素早く、生まれて初めて一一〇番を押した。

受話器を耳に押し当て、息をひそめて待つ。ありがたいことに呼出音はすぐに響き始めた。普段よりも強く、鋭く三回響く。そして四回めが響く寸前に、繫《つな》がった。

「はい一一〇番です」

深みのある、中年男性の声だ。思わずぼくは絶句してしまう。

「どうしました？」

続けてその声は尋ねた。同情とも威嚇とも取れる、微妙なニュアンスを含んだ声色だ。

「あの……」

何をどう説明すればいいのか分からずに、ぼくは口籠《くちご》もってしまう。

「どうしたんですか？」

「あの……今日、今、都内で……住民が避難するような騒ぎは起きていますか？」

「何です？」

「いえ、あの……つまり……」

「慌てないで、ゆっくり話して下さい。何があったんです？」

「いや、そうじゃなくて。何があったのか、ぼくが知りたいんです。あの……今、新宿区にいるんですけど……ええと、ここは牛込《うしごめ》になるのかな。嘘じゃないんです。本当にこの辺りの住民が誰もいなくて……」

「何をおっしゃってるんです？」

相手の声の調子が、初めとは明らかに変わった。それは単純な計算を間違えた子供に対する、教師のような声色だ。

「いえ……本当に……」

ぼくは口籠もりながら、救いを求めるように辺りを見回した。石畳、木製のベンチ、灰色の校舎……。

「もしもし？　誰もいないなんて、そんなはずないでしょう。近くの交番へ行ってみましたか」

「え？　いいえ。交番はまだちょっと……ただそのう……」

「あ、じゃあお家の方ですか？　どなたかご家族の方がいなくなったんですか？」

相手の男は自分の思いつきに勢いを得て尋ねてきた。確かに、そう誤解するのも無理はない。ぼくは半ば失望し、同時に苛立《いらだ》たしさのあまり震えそうになる。

「そうじゃないんです。もういいです」

「ちょっと待って下さい。もしもし？　もしもし……」

追いすがるように呼び続ける男の声から耳を遠ざけて、受話器をフックに掛ける。一瞬、金属とプラスチックが触れ合う硬質な音が響き、それからボックスの中はしんと静まり返った。

逃げるように扉を押して表へ出、購買部の方へ歩き始めながら、今の会話を反芻《はんすう》してみる。警察が知らないということは、やはり何も起きていないのだろうか。それともまだ通報されていないだけなのか。あるいは警察が事態を隠しているのか……。

混乱した気分のまま、ぼくは購買部の入り口に立って中を見回した。他と同じ、人気《ひとけ》のないがらんどうだ。十坪ほどのスペースの左半分は書籍、右側は日用雑貨のコーナー、手前にはレジがある。

思いついてレジに近寄り、たくさん並んだボタンのひとつを当てずっぽうに押してみる。思わず身を硬くするほどのカン高いベルの音が響き、キャッシャーが手前へ飛び出してくる。覗《のぞ》き込むと、金は入ったままだ。二、三十万……それ以上だろうか。その金額に、ぼくは他愛もなく動揺してしまう。辺りを見回し、軽い罪悪感を覚えながら、その中から百円玉と十円玉を何枚か取り出す。

両手の中で硬貨をじゃらじゃら言わせながら、電話ボックスまで戻る。多分これですべてがはっきりするだろう。アドレス帳を忘れてしまったから電話できる相手は何人もいないが、そらで暗記している番号の人間は、ぼくの言うことをまともに取り合ってくれる相手ばかりだ。

受話器を取ると、さっきぼくが握りしめていた温もりがまだ残っていた。百円玉を投入し、まず実家の番号を押す。間を置かずに耳の奥で鳴り始めた呼出音を、息を詰めて聞く。五回……十回……二十回までやりすごして、受話器を掛ける。戻ってきた百円玉を入れ直して、今度は恋人の番号を押す。

彼女は大学の正門から、ぼくのアパートと反対方向へ五分ほど歩いた辺りに住んでいる。だから彼女と話ができれば、絶対に何か分かるはずだ。

呼出音が響き始めた。

いないかもしれない。もしいなかったら……。考えるだけで全身の細胞がきゅっと引き締まる。緊張ではなく、寒気のような感覚だ。冷気に晒《さら》されて知らず知らず毛穴が閉じるように、心が萎縮《いしゅく》してしまう。

不意に、奇跡のように呼出音が途切れる。

「もしもし？」

続いて聞こえてきた彼女の声が、尖《とが》ったぼくの感情を優しく撫で上げる。とたんにぼくは軟化する。いるじゃないか。そう呟きそうになる。

「もしもし？」

「あ、俺だけど……」

「なあんだ。もう試験終わったの？」

「いや、それどころじゃないんだよ。なあ、そっち、変わったことないの？」

「変わったって？　ええ？　あなた今どこにいるの？」

「学校だよ。購買部の横の電話ボックスからなんだけど。あのさ、変わったことって、つまり……今日外へ出てみた？」

「外？　さっき新聞取りに出たけど」

「誰かいた？」

「ええ？　何言ってるの？　どうしたの」

「いや、いいから。誰かいたかどうか思い出してくれ」

「……向かいのおばさんとか、その辺の通りすがりの人ならいたけど。それがどうかしたの？　何なの、ねえ」

彼女の答えに聞き入りながら、ぼくはまた混乱しそうな自分を感じる。何故だろう。何かが嚙《か》み合わないのだ。

「本当に？　確かにいた？」

「そんなこと嘘ついてどうするのよ。ねえ、教えて。何かあったの？」

「いや、会ってから説明する。これから行くけど、約束してくれ。絶対にそこを動かないって」

「いいけど……どれくらいかかる？　お昼から授業があるの」

「五分で行く。とにかくそこにいてくれ」

まだ何か尋ねたそうな彼女の気配を振り切って、ぼくは受話器を置く。振り返りざま扉に肩をしたたか打ちつけるが、構わず表へ飛び出す。急げ、急げと口に出して呟《つぶや》きながら、幼児のようにばたばたと全身で走る。一五一教室の脇へ停めた自転車まで辿《たど》りつくと、弾む息のまま飛び乗り、思い切りペダルを踏む。構内の灰色の風景が、風音を立てて流れ始める。下りのスロープがすぐに見えてくる。ぼくはサドルに尻《しり》を当てず、競輪選手のような前傾姿勢でそこを走り抜ける。

その時、唐突にぼくは気づいた。ブレーキこそかけなかったが、走りながら左右を確かめる。

樹がないのだ。スロープの両脇に植樹されていたはずの、桜の樹が見当たらない。一本残らずなくなっている。さっき正門を潜《くぐ》った瞬間に、何か構内の様子がおかしいと感じたのは、そのせいだった。片側へ少し寄って確かめると、樹が植えてあった辺りの土は平らに均《なら》されており、表面にはぼんやりと霜がおりている。

瞬間、昂《たかぶ》っていた神経が、すっと醒《さ》めるような気がした。さまざまな憶測が一気に浮かび上がり、ぼくは肯定と否定とを交互に呟く。足は、無意識にペダルを踏んでいる。そして目は寒々と続く商店街を眺めているが、その実何も見ていない。

樹がないなんて……。

思考は一巡りした後、結局そこへ還ってきた。まるで円周率を果てしもなく計算しているような気分だ。やがて商店街が途切れ、道の両脇には民家や低いビルディングが続く。ぼくは必死で記憶を辿りながら、見慣れた庭や駐車場に緑を探す。

しかしどこにもない。一枚の葉、一本の草さえなくなっている。去年の六月、確かに花をつけていたはずの紫陽花《あじさい》もない。秋に恋人と見上げた柿の樹もない。駐車場の雑草も、庭の芝生もない。

すぐ先の信号が赤に変わる。無意識のうちにブレーキをかけそうになるが、すぐに思い直し、ますますスピードを上げて突っ切る。二つめの角を左へ、五十メートルほど先に彼女の住むアパートが見えてくる。

そこまで一気に疾走し、ぼくは自転車を放り出した。転びそうになりながら三段ほどの石段を上がり、彼女の部屋の扉の前に立つ。左手で激しくノックしながら、右手でノブを回す。

鍵《かぎ》はかかっていなかった。扉はあっさり手前に開き、力の余ったぼくは背後へ倒れそうになる。体勢を立て直して、今度はつんのめりそうな恰好《かっこう》で中へ入る。

「来たよ……」

声をかける。小声だったが、やけに大きく室内へ響いた。返事はない。薄暗い玄関口から中を覗き込むと、掃除したばかりのダイニングキッチンの向こうに、奥の六畳が見えた。いつもと何の変わりもない。視線を足元へ落とすと、玄関には彼女の小さな靴が何足も並んでいた。

「……俺だよ」

言いながら靴を脱ぐ。ダイニングキッチンを抜け、奥の六畳へ入る。窓のカーテンが閉まったままで、室内は薄ぼんやりと暗い。左手で壁のスイッチを探る。

「おい……」

電灯を点《つ》け、あらためて室内を見回す。

誰もいない。

ぼくは真っ青になってベッドの掛け布団を引き剝《は》がし、押し入れを開け、ダイニングキッチンへ戻ってユニットバスの扉を開ける。しかし彼女の姿はどこにもなかった。

玄関口にしゃがみ込み、ぼくはしばらくじっとしていた。どういうことなのか、よく分からない。昼から授業があると言っていたから、出てしまったのだろうか。しかし、だとしたら途中でぼくとすれ違うはずだ。大学までの道は、ぼくが今走ってきたルートしかありえない。

スニーカーの踵《かかと》を踏んでつっかけ、もう一度表へ出る。倒れている自転車の脇を素通りして、すぐ先にある公衆電話へ走り出す。ほんの数十メートルのことなのだが、堪え難く遠い。誰かがこっそり背後からついてくるような気がして、ぼくは何度も振り返った。

ポケットの小銭を探り、十円玉の感触を選び出しながらパン屋の軒先にある公衆電話に走り寄る。受話器を取る。硬貨を入れる。番号を押す。呼出音が……。

「もしもし？」

あっという間に彼女の声が響いた。ぼくは、ウッと唸《うな》ったまま絶句してしまう。

「もしもし？」

「あ……俺」

考えるより先に、口が返事をしている。

「どうしたの？　待ってるのに。授業が始まっちゃうじゃない」

「君は……」

後がなかなか続かない。唾《つば》を呑《の》む。息を整える。考えようと思う。

「ねえ、どうしたの。何があったの？」

「何があったのか俺が訊《き》きたいんだ。部屋から一歩も出てないか？」

「ずっといるわよ。どうして？」

「いや、分かった。じゃあ……悪いけどそのまま、電話を切らないでいてくれる？　絶対切っちゃだめだよ。いい？」

彼女の返事を待たずに、ぼくは受話器をぶらんと吊《つ》り下げ、投入口にもう二枚十円玉を足してから全力で駆け出した。自転車の脇を抜け、石段を上がり、靴のまま彼女の部屋へ駆け込む。ダイニングキッチンを横切り、奥の六畳へ……。

黒い留守番電話が、さっと視界に飛び込んできた。サイドテーブルの上で、きちんとこちらを向いて黙っている。ぼくはその場に立ち尽くす。

いない……誰もいない。

そのままの姿勢で、ぼくはしばらく蛍光灯の低い唸りを聞いた。それから慌てて踵《きびす》を返し、再び公衆電話まで駆け戻った。心臓が弾《はじ》けそうだ。吊り下がっている受話器をかがみ込んで取り上げ、耳へ押し当てる。

「もしもし？」

息切れして、声が上ずってしまう。

「はい。どう？　なあに？」

心配そうな彼女の声が返ってくる。

「頼みがあるんだ」

「何？　どんなこと？」

「俺の部屋まで来てくれないか。頼む。助けると思って」

「助けるって、どうしたの？　どこか具合でも悪いの？　ねえ」

「そう……そう具合が悪いんだ。ひどい状態なんだよ。今すぐ来てくれ。頼むよ」

彼女は一瞬考え込んだ後、力強い声で分かったと言った。すぐに行くから待っててと告げて、自分の方から電話を切った。ぼくは受話器を置き、一呼吸置いてから一層暗い気分になった。

どうやってここへ来るというんだ？

ぼくは自分をあざ笑った。どうやらここは彼女が住んでいる世界とは、違う世界らしいのだ。部屋で待ち合わせても、会えるはずがない。

返却口へ戻ってきた十円玉を入れ直して、ぼくはほんの思いつきから、自分の部屋の番号を押してみる。彼女が到着するまで、呼出音を鳴らし続けるつもりだった。

五回、十回、二十回と呼出音は虚《むな》しく響き続けた。何をやっているんだお前は。自分に言いきかせ、受話器を置こうとした瞬間、電話は突然繫《つな》がった。

「はい、もしもし！」

走ってきたばかりのような、息せき切った声が一直線に響いてきた。

「あ？」

ぼくは息を呑む。

「もしもし？　もしもし？」

それはぼくの声だ。ぼくは耳を疑い、反射的に受話器を掛けてしまう。そしてわけも分からないまま走り出す。彼女のアパートの方へ駆け戻り、倒れている自転車を起こして跨《また》がる。全力でペダルを漕《こ》ぎ始める。包丁を研ぐようなペダルの規則正しい音が周囲の町並みに弾ける。響き渡る。しかし頭の中は真っ白だ。

どうしたらいい？　どうする？

いつのまにかぼくは声に出して呟いている。何か言わずにはいられないのだ。道はやがて下り坂にさしかかる。しかしぼくはスピードを緩めない。そのまま坂を下り切り、大通りを横切る。広い路上のあちこちに、点々と自動車が停まっている。駐車してあるというよりも、やはり置き去りにされた感じだ。

目を逸《そ》らし、細い路地に入る。振り向きたい気持を押し殺しながら、ぼくはがらんどうの街を走り続ける。一方通行を抜け、T字路を左へ。次の十字路を右へ曲がれば、ぼくのアパートのすぐ脇へ出る。無意識のうちに、自分の住処《すみか》へ向かっていたのだ。

そのことに気づいて、ぼくは急ブレーキをかけた。後輪が横滑りし、バランスを失って自転車が半回転する。足を突き出して支える暇もなく横倒しになり、次の瞬間、ぼくは肩から落ちていた。側頭部が地面に激突し、鈍い厭《いや》な音を立てる。ぼくの手を離れた自転車が、視界を横切ってすっ飛んでいく。痛みは二、三秒後にきた。

両手で頭を抱え、打った辺りを強く押さえる。血が出ているかもしれない。たぶん切ったろう。こめかみが脈を刻んでいる。ぼくはその場にうずくまった。時が経つにつれ、頭だけでなく、肩や肘《ひじ》や膝《ひざ》も鈍く痛み始める。しかし厭《いと》うどころか、ぼくはその痛みに身を任せた。そして身体を横たえようとして、少しずつ力を抜き始めた刹那《せつな》……何かの音が遠くから聞こえてきた。

一瞬、耳鳴りかとも思ったが、余りにも規則的すぎる。何か……ベルのような……電子音だ。電話の……。

ぼくははっとして顔を上げた。確かに電話のベルだ。どこだろう？　そんなに遠くからではない。

慌てて身体を起こす。耳を澄ましながら立ち上がり、音のする方へ向かっていく。もう七、八メートル先にぼくのアパートが見えてくる。四回、五回……。切れるな、切れるなと念じながら、ぼくはその音を目指して駆け出す。一足ごとに左膝が強烈に痛む。近づくにつれベルの音がはっきりしてくる。ぼくのアパートだ。しかもぼくの部屋の中から、その音は響いている。

十二回、十三回……。アパートの階段を一気に駆け上がる。踊り場を回り込み、扉のノブに手をかける。やはり鳴っている。間違いなくぼくの部屋だ。

倒れるようになだれ込む。靴のまま駆け込み、ベッドの枕元に転がっている電話に飛びつく。受話器を取り、耳に押し当てる。

「はい、もしもし！」

息せき切って、それだけ言う。

「あ？」

受話器の向こうで、相手が絶句する。同時にぼくは気づく。それはさっきのぼくだ。

「もしもし？　もしもし？」

必死で問いかけるが、答えはない。代わりに電話がぷつりと切れる。ぼくは受話器を力一杯握りしめたまま、その場に座り込む。少しずつ、少しずつ気が遠くなってくる。全身の力が抜け、座っていられなくなる。砂のように崩れ落ちる。そしてぼくは跡形もなく消えてしまう。

角の悪意

相談相手としてぼくが選んだのは、教養課程の時に同じクラスだったスズモトという男だった。

何故スズモトを選んだのか、理由ははっきりしている。彼が心理学専攻だったからだ。しかもかなり優秀で、大学院に残るという噂も聞いている。ぼくとしては病院へ行く前段階として、彼に意見を求めたかった。もしかしたら教授か何かのツテで、いい病院や医師を紹介してくれるかもしれないという期待もあった。

約束の喫茶店に現れたスズモトは、教養課程の頃に比べると、ずいぶんと小ざっぱりした身なりをしていて、全体的に冷たく引きしまった印象があった。ぼくと目が合うと軽く会釈して向かい側に腰を下ろし、コーヒーを注文する。それからハンカチを取り出して細い銀縁の眼鏡の表面を拭《ぬぐ》う。その一連の動作は、既に決まりきった儀式を行うような滑らかさだった。

ぼくらはコーヒーを飲みながら、しばらく近況などを語り合った。同じ大学に通っているとは言え、ここ半年ほどは顔も合わせなかったのだ。三十分ほどそうやって雑談してから、ぼくは心を決めて切り出した。

「実は、会ってもらったのは他でもないんだが……君の意見を聞きたいんだよ」

「それは、あれかな、つまり精神的な問題かな」

「そう、だと思う」

「君の？」

「うん、そうだ。聞いてくれるかな」

ぼくは声を低くした。スズモトはうなずきながら、テーブルの上へ身を乗り出す。好奇心で、瞳《ひとみ》が輝いている。

「角がね、だめなんだよ」

ぼくは唐突に話し始めた。スズモトはそれを聞くなり怪訝《けげん》そうな顔をし、

「カド？　何の角？」

「ありとあらゆるもののさ。何て説明したらいいのか……怖いんだ」

「角が？　どういうふうに？」

「分からない。ただ怖いんだ。角を見ていると、ひどく落ち着かなくなる。直視できなくなるんだ」

「先端恐怖症みたいなものかな……」

スズモトは独言のように呟《つぶや》き、一瞬遠い目をして何事か思い出そうとしている。自分の読んだ文献の中に、角恐怖症というのがあったかどうか、反芻《はんすう》しているのだろう。

「それはあの、こう角が目の中に飛び込んできそうな怖さか？」

「うん……いや、ちょっと違うな。何て言うか、こっちの様子をじっと窺《うかが》っているような感じだ」

「角が？」

「そう、角がぼくをじっと見ている」

話している内に、額に脂汗が滲《にじ》んできた。少し頭痛もする。スズモトはそんなぼくの様子を興味深げに観察し、テーブルの上に置いてあった伝票を取り上げた。

「こういう紙の角もだめなのか？」

「いや。そういう薄いものは大丈夫だ。もっとこうゴツゴツしてるやつ……立方体とか、固いものの角がだめなんだ」

「立方体……じゃあこの煙草のパッケージの角は？」

「うん。それほどでもない」

「じゃあこのテーブルの角は？」

「それはすごく厭《いや》な感じだ。ちょっと耐えられない」

ぼくは目を瞑《つむ》り、顔を背けた。テーブルの角というのは、ぼくがもっとも嫌っているものだ。四隅にアールがなく、角が鋭ければ鋭いほど、悪意を感じる。

「厭な感じというのを、もう少し具体的に説明できないかな。額や目に、その角がぶつかった時の痛さを想像するのか？」

「いや、痛みじゃない。角自体が悪意を持っていて、こっちをじっと見ているような感じなんだ」

「いつごろから？」

「……ここ三ヵ月くらいかな」

「最初にそういう悪意を感じて、怖いと思ったのはどこで？　何の角に対して恐れを抱いたんだ？」

初めて角の悪意を感じた時のことは、よく覚えている。新宿にある百貨店の家具売場を訪れた時のことだ。中学生の頃から使い続けてきた学習机が、ここへきて急に幼稚なものに感じられ、古ぼけてきていたせいもあって、買い換えるつもりだった。そんなに豪華なものでなくてもいい。シンプルで値段も相応な机を、ぼくは探していた。

家具売場の一角に書斎机ばかりを集めたコーナーがあり、ここをうろうろしている時に誰かの視線を感じた。売場の店員だろうと思って振り返ったが、背後には誰もいなかった。

平日の午前中とあって、客の姿は極端に少なかった。売場にはただ、物言わぬ家具たちがじっと身を硬くして、整然と展示されているばかりだ。視線は、これらの家具の中からぼくに向かって注がれていた。

もちろん最初は気のせいだと自分に言いきかせて、机探しに没頭しようとした。しかしその視線は、どうしても無視できないほど強烈なものだったのだ。五分と経たない内に、ぼくは悪人の群れの中へ放り込まれた子供のような気分になってきた。ぼくは萎縮《いしゅく》し、脂汗を流しながら周囲の様子を窺った。勇気を出して凝視してみると、その悪意に満ちた視線は家具そのものから発せられているわけではなく、それぞれの家具の角に源があることがはっきりと分かった。

その時の詳細を説明すると、スズモトは難しい顔をして考え込み、無意識なのか右手の指先でテーブルの角をしきりに撫《な》でた。見ないようにしていたのだが、スズモトの指先が角を擦る音は厭でも耳に飛び込んでくる。悪意に満ちた音だった。

「家具の角と言っても色々だろう？　やはりこう鋭角的で、尖《とが》ったような印象があるものが苦手なのか？」

「そうだな。角らしい角とでも言えばいいのか……すまないけど、ちょっと気分が悪くなってきた。話し掛けないでくれないか……」

それだけ言うと、ぼくはうつむいて悪寒に耐えた。さっきテーブルの角をまともに見てしまったのがいけなかった。スズモトは心配げな顔でぼくを窺い、

「大丈夫か？」

と声を掛けてくる。ぼくは頭を振って頭痛を振り払おうとしたが、上手《うま》くいかなかった。こめかみを押さえながら、あてもなく喫茶店の店内へ視線を彷徨《さまよ》わせる。

いくつものテーブルの角、椅子の背の角、硝子《ガラス》製の四角い灰皿の角、窓枠の角、隣の客が持参したアタッシェケースの角、壁から突き出たエアコンの角……どうして世の中にはこんなに沢山の角があるのだ。ぼくは声を上げそうになった。あらゆる角が悪意を持って、ぼくを包囲している。ぼくに対して何かを企《たくら》んでいるのだ。スズモトに告白しなければよかった。秘密を漏らしたことを、角は快く思っていない様子だ。今まで以上に悪意に満ちた視線を、ぼくに向けてくる。耐えられない。とても耐えられない。

ぼくは呻《うめ》きながらテーブルに手をかけ、力まかせに引っ繰り返した。あっという間の出来事だった。コーヒーカップや灰皿が飛び散り、木製のテーブルは床に激突した。同時に、その角がぽきりと音を立てて欠ける。

喫茶店はしんと静まり返った。

そしてぼくは確かに目撃した。床と激突して欠けた角の中だ。そこには血走った目玉が

埋め込まれていて、こちらを見ていた。視線が合うと、その目玉はぎろりと動いてぼくを威嚇した。こちらの眼球を射抜くような、鋭い視線だった。

頭痛帽子

とにかく疲れていたのだ。

一昨日から真夜中にビルの床を洗うアルバイトを始めたばかりだったし、その上昨日は英文学のレポート提出の日で、朝から夕方まで机にかじりついていた。で、何とかレポートを提出したと思ったら、すぐにアルバイトの時間がきて、必死でこれをこなした。

つまりぼくは、丸二日間眠っていないことになる。まるで自分の身体ぜんたいがぐっしょり濡《ぬ》れそぼって、重たく湿った雑巾《ぞうきん》のように感じられる。そのくせ肌はかさかさに乾いて生気を失い、鏡で見ると顔の表面が粉を吹いたような状態になっていた。

ビルを出て、夜明けの街路を駅へ向かう。人気《ひとけ》はまったくない。いや、少しはあったのかもしれないが、そんなことは今のぼくには関係ない。駅に着いて、改札をくぐり、階段を上ってホームに立つ。しばらくして山手線が冷たい風を巻き上げながら入ってくる。これが始発電車だ。乗り込んで、扉脇の席へ座るなり、ぼくは腕組みをして眠り込んでしまった。

そして、夢を見た。

夢の中でぼくは、やはり電車に乗っている。はっきりとは分からないが、多分山手線だと思う。扉脇の席に座って、うつらうつら舟を漕《こ》いでいる。車内には、ぼく以外の人の姿はない。

ふと目が覚めて、あたりを見回す。寝過ごしたかと思ったのだ。まず窓外へ目を遣《や》るが、どの辺を走っているのかまったく見当がつかない。

「困ったな……」

呟《つぶや》きながら立ち上がって、網棚の上をひょいと見ると、ぼくの荷物と一緒に見覚えのない帽子が置いてある。一昔前、父親たちの世代に流行《はや》ったような、焦茶色のソフト帽だ。手に取ってみると意外なほど軽い。悪戯《いたずら》のつもりで何の気なく被《かぶ》ってみると、ぼくの頭のサイズにぴったりだ。

鏡がないのでどんなふうに見えるのか確かめようはない。が、何の根拠もなく、その帽子は自分に似合うような気がする。つばに触ったり、被る角度を変えてみたりする内に、ぼくはその帽子がすっかり好きになる。

「ちょいとお尋ねします」

不意に背後から声をかけられて、ぼくは真っ青になる。振り返ると、そこには背の低い男が立っている。いや、よくよく見ると背が低いのではなく、頭がないのだ。正確には、額から上がない。まるで豆腐の切り口のように、眉毛《まゆげ》の上ですっぱりと切れている。描きかけの漫画みたいな奴だな。

見た瞬間、ぼくはそんなことを思った。しかも男の両目には、目玉の代わりに、ぎらぎらと毒々しい光を放つ宝石が塡《は》め込まれている。男はその毒々しい宝石目玉でぼくを見上げながら、

「ここいらに頭痛帽子はありませんか？」

と尋ねてきた。ぼくは自分が被っている帽子のことはすっかり失念して、

「頭痛帽子？　そんなものありゃしない」

とぶっきらぼうに答えた。すると頭のない男はさも不思議そうに首をかしげ、

「そんなはずはないんですが……確かにここいらに」

「見たことも聞いたこともありませんね」

「そうですか。じゃあ貴方《あなた》が被っているその頭痛帽子を譲ってくれませんか。もちろんお代はお支払いいたします」

頭のない男はそんなことを言って、左側の宝石目玉をぐりぐりと捩《ね》じって外し、ぼくの前に差し出した。顔を見ると、ぽっかり開いた眼窩《がんか》の中に、鮮やかな緑色のばったがいて、ゆっくりと触角を動かしている。殿様ばったただろうか。いや、もっと大きい。図鑑でしか

見たことがないような、南米産のばったただ。しかしぼくは大して驚きもせず、冷たい調子で、

「そっちの……右側の方がいいな」

そんなことを言う。すると頭のない男は顔色を変えて右側の宝石目玉を庇《かば》い、

「こっちはだめです。こっちはまださなぎなんですよ」

そんなことを言う。よほどさなぎが大事なのだろう、奪われまいとして両手を右目へ当てがっている。

「じゃあお断りします。残念ですが」

そう言ってぼくは腕組みをし、席に座ってそっぽを向く。頭のない男はぼくの真正面に立って吊革《つりかわ》を握ったまま、しばらくじっとこちらを睨《にら》みつけている。

その内に、開いたままの眼窩の中で、緑色のばったが「ギイ」と啼《な》いた。同時に、ぼくの被った帽子の中がもぞもぞして、夥《おびただ》しい数のばったがギイギイと啼き始めた。神経に直接障るような啼き声だ。ぼくは叫び声を上げ、慌ててその帽子を取ろうとしたが、どうしても取れない。頭に縫いつけたようになっているのだ……。

そこで不意に目が覚めた。

山手線の中は、既に通勤客でいっぱいになっている。ぼくは自分が何か不始末をしでか

してないか辺りを見回し、それから目を伏せた。さりげない振りで頭に触ってみる。もちろん帽子など被っていなかったが、重苦しい、厭《いや》な感じの頭痛がした。

認識不足

ぼくの認識がどうにもあやふやなものになり始めたきっかけは、一本の煙草だった。いや、今にして思うと、その時既にぼくの認識は狂い始めていて、それは煙草ではなかったのかもしれない。

仕事の関係で長いこと南米へ赴任していた友人のQが、およそ四年半ぶりに帰国してぼくの部屋を訪れ、一晩中語り明かした翌朝のことだ。無論かなり酒も入っていたから、ひどく疲れていたはずなのに、Qはそのまま泊まろうとはせずに、始発に乗るのだと言い張って帰ってしまった。

表は冷たい雨が降っていた。

玄関口でぼくは傘を貸してやると言ったのだが、Qはそれを断り、鼻歌を口ずさみながら歩き出した。駅まではそんなに距離があるわけではないし、ぼく自身もいささか疲れていたので、無理強いは止めてあっさり別れた。扉に内鍵《うちかぎ》を掛け、そのままベッドのある部屋へ直行して、横になるつもりだった。

と、洗面所の脇を通り過ぎようとした時、タオル掛けの真下に何かが落ちているのが目についた。素通りしてもよかったのだが、何だか気になったので引き返し、拾い上げてみる。見覚えのない煙草のパッケージだった。赤地に細い銀のストライプが無数に入ったデザインで、中央には青い植物の実の絵が描かれている。どの面にも、文字は一切書かれていない。中を確かめると、一本だけ煙草が入っていた。

おそらくQが忘れていったものだろう。何だかいわくありげな煙草じゃないか。そう思いながらパッケージを振ってその一本を取り出し、くわえる。ちょうどポケットにライターが入っていたので、火をつけて、ふかしながら歩き出そうとする。

一息吸い込んだ次の瞬間。ぼくは不意に脱力して、腰からすとんと座り込んでしまった。まるで背骨を吹き飛ばされたような感じだった。何だこれは、と思う間もなく、ぼくは気を失った。

目が覚めたのは、その日の真夜中だった。ひどく喉《のど》が渇いて、石ころのようになった舌で口の中を探っている内に、段々意識がはっきりしてきた。覚束《おぼつか》ない足取りで立ち上がり、目の前の洗面台で水を飲む。実に美味《うま》かった。幸いどこにも怪我もなさそうだ。ぼくは安心してリビングの方へ歩き出した。

ところがこの時、ぼくは精神の方に怪我を負っていたらしいのだ。それは日を追うごとに段々はっきりしてきた。

最初は、光るものの認識だった。百円硬貨と五百円硬貨の区別がつかないだけなら、視力のせいだと説明もつくだろう。ところがぼくは鍵と百円硬貨、あるいはステンレス製の腕時計とドアのノブの区別がつかなくなってしまったのだ。水道の蛇口を握りしめ、

「これは蛇口だ、蛇口だ」

と必死で認識しようとするのだが、どうしてもそれがスプーンに思える。手触りすらスプーンの感触なのだ。

光るものの次は、やわらかいものの認識が怪しくなった。パンだと思って皿の上へ載せ、食卓へ行って齧《かじ》ってみたら枕だった、などという事態が起き始めたのだ。スリッパだと思って履いてみたらどうにも歩きにくいので、半日かけてじっくり考えてみたところ、それがカステラだと判明したこともある。

そうやってかなり熟考してみないことには、区別がつかないし、うまく認識もできないのだ。いくら眺めても、いくら触ってもだめだ。カステラをカステラとして認識するためには、神経を総動員して集中し、カステラである証拠をひとつひとつ確認していくしかない。あるいは逆に、それがスリッパではない証拠をひとつひとつ挙げていくしかないのだ。

正直言って、これは大変困る。何をするにも一々確認して、それが何なのかを認識しなければ安心できないのだから、やたらに時間がかかる。今のところ、味覚は比較的しっか

りしているからまだ救われるが、味わう以前に怪我をする可能性だってある。剃刀の刃をトウモロコシと勘違いして、かぶりつくこともあるかもしれない。咀嚼《そしやく》してから、「味が違う」と認識しても手遅れではないか。

こんな状態では、生きていくこともままならない。だからぼくとしても、助けを求めるべく、まず誰かに電話しようと考えた。当面はQに相談するのがいいだろう。ところが、電話が見つからない。いや、見つからないというか認識できない。もう何日も探しているのだが、電話だと思って手に取っても、それは缶ビールだったり洗面器だったりする。これでは誰にも連絡が取れない。

そこで実際に表へ出て、誰かに助けを求めようと決心したのだが、今度は扉が認識できないのだ。どこに扉があるのか、ぼくにはどうしても分からない。出口がないのだ。探している内に、ぼくはぼく自身が認識できなくなってき――

×（バツ）

気のせいに決まっている。そんなことがあるはずはないのだ。

最初は、そう思った。

だからいつも通り身支度を整えて、家を出たのだ。玄関まで送りにきた妻に、行ってくるよと声をかけた際に、そのことを尋ねてみようかとも思ったが、止めておいた。こういうことは気にし始めるときりがなくなる。妊娠中の妻にいらぬ心配をかけるのも憚《はばか》られることだし。

駅に向かって足早に歩いていく道すがら、私はできるだけ仕事のことを考えようと努めた。今日は、一日で五件も担当している。一件二時間としても、十時間はかかる計算だ。どこかで駆け足をしないと、帰りは夜中になってしまう。

私は歩きながらスケジュール帳を取り出し、顧客の来社時間を調べた。九時、十一時、二時、四時、六時。いずれも都内の物件案内だから、こなせないことはない。唯一心配なのは四時の八王子の物件だ。これだけは電車を利用しないと、六時に新宿の本社へ戻るのは無理だろう。いや、特別快速を選んで乗ったとしても少々危ない。会社に着いたら早々に電話をして、六時の約束を一時間ほどずらした方が無難だ。

そんなことを考えている内に、駅についた。定期を取り出し、改札を抜ける。私鉄駅構内はいつものように、私と同じサラリーマンやOLで溢《あふ》れかえっている。ホームに立ち、乗車を待つ人垣の肩越しに見上げると、空は憂鬱《ゆううつ》な曇天だった。おまけに月曜日ときている。こういう日はおそらく自殺者が多いに違いない。これといった不満がなくても、死にたくなる。

私は溜息《ためいき》をもらし、しばらくぼんやりとして電車を待った。

その刹那《せつな》、またもや今朝起床したばかりの時に感じた〝あの感じ〟が甦《よみがえ》ってきた。額がむずむずして、内側からせり上がってくるような感覚だ。

私は人目を憚りながら、額を掻《か》いた。飛んできた蚊にたかられたような素振りで、何度か叩《たた》いたりもした。しかしむず痒《がゆ》さは治まるどころか、ますます強くなってくる。堪えがたい感覚だ。私は続いてポケットからハンカチを取り出し、これを額に当てた。しかし一向に痒みは治まらない。

痒み、といっても蚊に刺されたり草にかぶれたりした時のような痒みとは、まったく違う。冷静になってその感触を確かめると、痒いというよりは、何かが貼りついているような感じだ。いや、ごまかすのは止めた方がいい。私はもっと具体的にそれを説明することができる。

――額に×《バッ》がついている。

そう感じるのだ。それが気になって仕方ないのだ。

ところが今朝起き抜けの時もそうだったが、実際に鏡の前へ立って確かめてみると、額には×など書かれていない。いつもとまったく同じ、平凡な造作の私の顔がそこにある。ようするに錯覚なのだ。鏡がそれを証明している。

私はしばらくハンカチで額を押さえ、目をつぶって、この奇妙な錯覚を振り払おうとした。電車が一台、ゆっくりとホームへ入ってくる。これをやり過ごし、私は改札の方向へ駆け戻った。洗面所へ飛び込み、入ってすぐ右手の壁に掛けてある鏡に向かう。額を確かめる。

やはり、何もない。

×などついているはずはないのだ。家を出る前に何度も確かめたのだ。

私はハンカチを水で濡《ぬ》らし、額をごしごし拭《ぬぐ》ってから洗面所を出た。ちょうど急行がホームへ入ってくるところだった。私は駆け出し、他人の背中を力一杯押して、何とか乗り込んだ。そうやって他のことに神経を集中させている間は、額についた×の感覚も遠ざかるらしい。鮨《すし》詰めの車内で必死になって吊革《つりかわ》を握りしめながら、私は再び仕事のスケジューリングのことを考え始めていた。

帰宅は例によって十時過ぎだ。

自分で玄関の鍵《かぎ》を開け、何となく息をひそめて靴を脱いでいると、奥のリビングで物音がした。フローリングの床にひたひたとスリッパの音を響かせて、妻が現れる。

「おかえりなさい」

「起きてたのか」

ここのところ妻は十時前に寝てしまうことが多い。お腹の子のために充分な睡眠を、というつもりらしい。私は靴を脱ぎながら顔を上げ、妻と視線を重ねた。

「どうしたの?」

彼女は尋ねてくる。何のことか分からなかったので首をかしげ、

「何が?」

と訊《き》き返す。妻は私の肩へ手を置き、柔らかい口調でこう言った。

「怖い顔してるわよ。今朝、出掛ける時もそうだったけど……」

「怖い顔? 俺がか?」

「うん。何か……顰《しか》めっつら」

「そうかな。別に何でもないけど」

私は答えながら、しきりに額に触った。こいつのせいなのだ。別に意識して顰めっつらをしているわけではない。この額についた×のせいで、今日は一日じゅう不愉快な思いをし続けなければならなかった。今もそうだ。一日経っても、額からこのいまいましい×が消える気配はない。

「仕事、上手《うま》くいかなかったの?」

続いて妻はそう尋ねてきた。私は聞こえなかったふりをして、リビングの方へ歩いていった。確かに彼女の言う通り、今日の仕事は上手くいかなかった。五件の内、契約できたのは一件だけ。不動産の売買ならば、今は時期も悪いし、それくらいの契約率でも上を納得させることはできるが、私が担当しているのは賃貸だ。いくら高額物件だからといっても、五件あるなら少なくとも二件は契約を成立させなければ、上はいい顔をしない。

今日の仕事が上手くいかなかったのは、他でもないこの額の×のせいだ。一日じゅう気になって気になって仕方がなかった。笑顔で客に説明をするどころではない。私はずっと顰めっつらをしたり、目をしばたいたり、額を掻きむしったりしていた。客が不信感を抱くのも当然のことだったろう。

「ちょっと来てくれないか」

リビングのソファへ腰を下ろすなり、私は妻をそばへ呼んだ。訝《いぶか》しく思われるのは覚悟の上で、尋ねてみようと思ったのだ。妻をおいて他には、こんなことを真顔で訊ける相手はいない。

「今朝から変なんだ」

私はできるだけ冷静な声で言った。妻は私の隣へ腰掛け、心配そうな目を向けてくる。

「どうしたの？」

「額の……ここのところなんだが、×印がついていないか？」

私は眉間《みけん》の少し上あたりを指さして言った。妻は一瞬きょとんとした顔をし、

「×印？」

と訊き返してきた。もっともなことだ。もし立場が逆だったら、私も同じように面食らうだろう。

「額に×印がついているような気がして仕方ないんだ」

「ついてないわよ」

「目には見えないんだが……しかし確かについているんだ」

「お風呂《ふろ》に入ったら？　疲れてるのよ」

「いや、そうじゃない。何度も顔を洗って、ごしごし擦《こす》ってみたんだが、どうしても×印

の気配が消えないんだ。なあ、君の目には見えないか？」

「見えないわ……ねえ、額の内側じゃなくって？　もしそうだとしたら、すぐにお医者さんへ行かなくちゃ。大変よ」

「大変て……？」

「脳腫瘍《のうしゅよう》とか、そういう病気だったらどうするの」

「いや、腫瘍とかそういうものじゃない。自分の身体だから分かる」

「とにかく明日、お医者さんへ行って。絶対よ。約束して」


　CTスキャナーの結果、私の脳には何の異常もないことがはっきりした。脳波測定をはじめとする様々な検査結果は三日後に報告されたが、いずれも異常はなかった。

　しかしこの三日の間、額にへばりつく×の感覚はますます強くなっていた。目も開けていられないほど、気になる。別に圧迫感があるわけではないのだが、何か忌まわしいものが額にまとわりついているような気がしてしょうがない。おかげで私はひどい不眠になった。掻きむしったために額の皮が所々破れ、傷ができた。バンドエイドや絆創膏《ばんそうこう》を貼ってみたが、それでも×の感覚が失せることはなかった。

「精神科をご紹介しましょう」

検査結果を告げた後、赤ら顔の脳外科医はそう言った。

「精神科、ですか？」

「ご心配なく。そんなに大袈裟《おおげさ》なものじゃないです。まあ気楽にカウンセリングを受けて、意見を聞いてみるつもりで……」

彼は私をリラックスさせるつもりか、必要以上の笑みを浮かべて言った。しかし銀縁の眼鏡の奥の瞳《ひとみ》は冷たく、深刻な光を湛《たた》えている。

私は不安を覚えた。

つまり私は頭がおかしくなったということなのか？　この額にくっついて取れない×の感覚はその予兆、あるいは狂気そのものなのだろうか？　いや、私はしっかりしている。意識が混乱したり、妙なことを口走ったりはしない。ただ額に×がへばりついているように感じられるだけのことだ。

脳外科医に紹介された精神科は、同じ大学病院の建物の七階にあった。混雑している内科や小児科の待合室などとは違い、ほとんど人気《ひとけ》がない。エレベーターを降りてまっすぐ右手へ延びる廊下を歩きながら、私はますます不安を募らせた。まさか自分がこんなところへ来ようとは、夢にも思ってみなかった。

私は拘束衣や手錠、さるぐつわ、縄、足枷《あしかせ》など、そんなものを頭に思い描いた。まさかいきなり自由を奪われるようなことはないだろう。それは分かり切ったことだ。しかしどうしても考えてしまう。

脳外科医からもらった紹介状を受付へ出し、私は長椅子に座って待った。たちまち額の×が存在感を増し始める。まるで膿《う》んでいるかのようにじくじくと、額の上で自らの存在を知らしめてくる。私はハンカチを取り出し、額を強く押さえた。堪えられない気分だ。ずいぶん長い時間待たされているような気がして、何度も腕時計へ目をやったが、実際には五分も経たない内に名前が呼ばれた。立ち上がり、受付の前を通過して、突き当たりの扉を開ける。ベージュ色の衝立《ついたて》があり、その向こう側に人の気配がある。

「どうぞ。掛けて下さい」

私を招き入れた精神科医は、思いのほか若い男だった。三十代の前半……私と同い年くらいだろうか。私は彼の言に従って、一人掛けのソファに腰を下ろした。とても座り心地がいい。

あらためて見回してみると、そこは診察室らしくない雰囲気の部屋だった。医療器具の類《たぐい》はひとつも見当たらず、第一、例の消毒液の臭いがない。目の前の医師も白衣を着ておらず、ごく普通のサラリーマンのようなグレイのスーツを着てネクタイを締めている。

「医者らしくないでしょう」

精神科医は拍子抜けした私の気持を察してか、そんなことを言って微笑んだ。年に似合わず、落ち着いた説得力のある声色だ。私はうなずいた。

「こんなふうになっているんですね。精神科というのは……初めてなので、少々緊張してたのですが」

「みなさんそうですよ。大抵緊張なさってここへ入ってくるのですが……まあ言ってみればそれを和らげるための場所ですからね、ここは。どうぞ気楽になさって下さい。煙草は？　吸っても構いませんよ」

「いえ、結構です」

私は答えた。この医師は信頼できそうだ。根拠はないが、少なくともそう思わせる雰囲気を持っている。彼は脳外科の方から回ってきたカルテにざっと目を通し、

「お仕事は何をなさってるんですか？」

と尋ねてきた。私は早口で自分の仕事について語った。そして喋《しゃべ》りながら、しきりに額を触った。この部屋へ入り、精神科医を目の前にしても、×の気配は一向消える様子がなかった。

「気になりますか？」

医師は私の話が途切れたのを見計らって、そう尋ねた。その視線は、私の額に注がれて

いる。

「ええ……ひどく気になります」

「いつ頃からですか」

医師は問題の核心に触れ始めた。しかしこちらに警戒を抱かせるような訊《き》き方ではなく、まるで世間話の一部のようにして質問してくる。非常に巧妙だ。

私は問われるまま、×について詳細を喋り、彼は黙ってそれに聞き入った。メモらしきものは取らない方針らしい。確かにその方が、患者としては喋りやすい。私は自分でも驚くほど饒舌《じょうぜつ》になった。

「治るでしょうか……」

三十分近く一人で喋りまくった後、私は尋ねた。性急すぎると自分でも思ったが、訊かずにはいられなかった。

「そう悲観的になることはありませんよ」

医師はあくまでもにこやかな表情を崩さずに答えた。

「即断は避けますが、やはりストレスが原因かと思われます。従って気長に構えることが肝要ですよ」

「堪え難いんです。これでは仕事にもなりません。何とかできませんか」

「お仕事を休むわけには……」

「それは無理です。理由を尋ねられたら、答える自信が私にはありません」

「休むことがかえってストレスになってしまっては、元も子もありませんからね……いずれにしても気楽に構えることです。何か、お仕事以外に熱中できるようなご趣味は？」

「別に、これといって」

「じゃあ、まずそういう趣味を作ることから始めてみて下さい」

「そんな悠長なことはしてられませんよ。現に今だって、ここにこうやって座っているのも苦痛なんです」

私は思わず声を荒らげた。医師は一瞬、私の反応を計るような冷たい目をし、すぐに笑顔を作った。

「まあ、そうは言っても額から×を取り去る薬はありませんからね」

冗談のつもりだったのだろうが、私は笑えなかった。医師はそれに気づくと緩みかけた頬をひきしめ、

「とにかく気長に考えることです」

「何か手掛かりでもいいから与えて下さい。どうして×なんです。何故唐突に額にそれが現れたのですか。治療法はなくても、せめて原因くらいは分かるでしょう」

「先ほども申し上げた通り、ストレスが原因と考えるのが……」

「それじゃ答えになってませんよ」

私はソファから腰を浮かし、訴えた。精神科医はしかし穏やかに微笑んだまま、私を見据えた。

「とりあえず不眠を何とかすることから始めましょう。精神安定剤を処方しますから、寝る前に服用してみて下さい。後は……何度も言うようですが、気長に構えることです。必要以上に気に病むのが、一番よくありませんからね」

私はそれ以上反駁《はんばく》する気力を失って、黙り込んだ。まるで話にならない。結局この狂おしい不快感は、私自身にしか理解できない個人的なものなのだ。×は私自身の中にある。たとえ有能な精神科の医師といえども、私の中へ手を突っ込んでそれを取り除くことはできない――そう思い知らされた。


×の不快感は、日毎に増大していった。×の大きさ自体も、少しずつ太く大きくなっているような気がする。

大学病院の精神科へは、三日おきに通ったけれど、これといって打つ手もないまま一月が過ぎた。医師はいつも別れ際に、呪文《じゅもん》のように「気長に」という台詞《せりふ》を繰り返すばかりだった。しかしどれくらい気長に待てばいいというのだろう。

生兵法《なまびょうほう》とは思ったが、私は仕事の合間に図書館へ立ち寄り、難しい医学書を読み耽《ふけ》ったりもした。自分と同じような症例が、どこかに見当たらないものかと、闇雲に探してみたのだ。

しかし残念ながら、精神病のぶ厚い症例集の中には何の手掛かりもなかった。私よりももっとひどい症例があるのを知ることで、多少の気休めにはなったが、だからといって私の額から×が消えるわけではない。

唯一、かろうじて似通った症例というのは『世界の奇病』という翻訳本の中にあった。ブラジルのサンパウロにある狂信的なキリスト教信者たちのグループ内で、数人の額に十字架が浮き出たという症例だ。当初、その十字架は目に見えず、当人だけが強い気配を感じて悶《もだ》え苦しんだという。二週間ほどして彼らの額は十字架の形に膿み始め、いくら手当てをしても完治しなかった。そして一年以内に全員が狂い死にした。文字通り十字架に殉じたわけだ。筆者はこの症例について、狂信的なキリスト教信者である患者たち自身が、何らかの方法で額に傷をつけ続けたものとして解説を書いていた。おそらくその通りなのだろう。

しかし私の場合は違う。私は自分自身で額に×を描いた覚えはない。強烈な×の気配がどこかからやってきて、私の額に貼りついているのだ。それともこれはやがて膿み始め、私を死に至らしめるのだろうか？

私は本を開いたまま、ぼんやりと目の前の書架を眺めやった。平日の午後とあって、閲覧室はしんと静まりかえっている。私以外に利用者の姿はない。

本を書架へ返し、仕事に戻ろうとした矢先に、閲覧室の扉が開いた。四十代半ばのサラリーマンらしい男が入ってくる。その男と目が合ったとたん、私は声を上げそうになった。同様にその男も、はっとした表情で私を見つめてくる。

男の額には×がついていた。いや、描かれているわけではなく、その気配が私には感じられたのだ。私たちはしばらく言葉が見つからない状態で、相手の額を見つめ合った。ややあってから、彼の方が先に私の額を指さして、

「それは……」

と口籠《くちご》もった。私は反射的に声を上げた。

「分かるんですか？」

「分かります。×ですよね」

私は大人げなく小躍りし、駆け寄って彼の手を握りしめてしまった。まさか自分と同じ悩みを抱える人間に会えるなどとは、考えてもみなかったのだ。

私たちは閲覧用の椅子に腰掛け、あらためて相手の額をまじまじと見た。間違いなく×がくっついている。

彼はムラタと名乗った。六本木の有名な高級中華料理店の支配人だという。何事もなく暮らしていたのに、私の場合と同様、ある朝突然に×が額に現れたらしい。時期は私よりも少し早くて、今から二ヵ月近く前。×の存在感は日毎に強くなり、現在では鋭い頭痛を伴うようになっていると、彼は苦しげに語った。

「病院は？　行きましたか？」

そう尋ねると、彼は苦々しげな表情を浮かべて、

「もちろんです。脳の精密検査をして、それから精神科の方へ回されたんですが、捗々《はかばか》しくなくて……」

「私も同じです。しょうがないから自分で何か調べられないかと思って、一昨日からここへ来てるんですが」

「何か分かりましたか？」

「いえ、これといって……」

「そうですか……でしょうね」

彼は心底落胆した様子で、溜息《ためいき》をもらした。私たちは黙り込んだ。そして二人とも申し

合わせたように、しきりに額の×を引っ掻《か》いたり叩《たた》いたりした。傍《はた》から見たら、その様子はさぞかし滑稽《こっけい》だったろう。いい大人が図書館の閲覧室に並んで座り、黙って額をいじっている……間抜けな図だ。

「私の親父がね……」

やがて彼は、躊躇《ためら》いながら口を開いた。しかしすぐにまた塞《ふさ》ぎ込んでしまう。何を言いかけたのか気になって、私は先を促した。彼は暗い目をして、

「これは、話さない方がいいかもしれないんですが……」

「いや、教えて下さい。何です？」

「私の親父が——五十九で亡くなったんですが、亡くなる二ヵ月くらい前から、私と同じようなことを言っていたんですよ」

「×のことですか？」

「そう。額に×がついているって。それを苦にして病院へも行って、大騒ぎして、二ヵ月後に死んだんですよ」

「死因は何だったんです？」

「事故でね。親父は鳶職《とびしょく》だったんですが、五階あたりの足場から墜《お》ちまして……即死でした。亡くなってからおふくろが、父さんが×だ×だって騒いだのは、あれは予兆だったん

じゃないかって、言ってました。何て言うか……予感みたいなものですか」

「何の予感です？」

彼は一瞬答えるのを躊躇い、私の額についた×を見た。それから思いつめた表情になって、

「だから死の予感ですよ」

ふてくされた子供のような口調で、そう言った。私は返す言葉を探しながら、額の×を掻いた。彼はハンカチを取り出して、額を何度も拭《ぬぐ》う。

「難破する舟から鼠が逃げ出すようなもので、身体の方が予《あらかじ》め突発的な死の気配を感じて拒否しているんじゃないか、と。そんな気がしませんか？」

「ばかばかしい」

私は不用意に大きな声で、荒々しく否定した。しかしそれは、恐ろしかったからだ。本当は、心のどこかで私もそれを考えていた。だが、認めたくなかった。

「私だってそんなことは考えたくもありませんよ。しかしこの忌まわしい感じはどうです？　あなたにも分かるでしょう」

「いや……」

私は首を横へ振ろうとしたが、半ばで力を失い、がっくりとうなだれた。彼はもうそれ

以上何も語ろうとしなかった。かろうじて身体を支えていた細い杖《つえ》が、不意に消え失せてしまったかのような気分だった。

私たちは互いに住所と電話番号を教え、三日おきくらいに連絡を取り合う約束をして別れた。


ムラタという男と出会った翌日、私は会社を休んだ。額の×の気配があまりにも強くなりすぎて、数日前からもう仕事どころではなくなっていたのだ。その日の朝から妻は用があって実家へ帰っていたので、欠勤しても気兼ねはなかった。

私は終日家に閉じ籠《こ》もり、テレビの前に寝転がって過ごした。額にアイスノンを当てて冷やし、少しでも×の気配を遠ざけながら、ぼんやりとテレビ画面を眺める。昼間は、本当に下らない番組ばかりだった。私はうとうととしては目覚め、目覚めると×の感覚にうんざりして、また眠った。

はっとして身を起こしたのは、夕方のニュースの画面を目にした瞬間だ。どのチャンネルも、その日の午前中に交通事故で死亡した文部大臣についてのニュースを流していた。亡くなる直前に、この大臣がテレビ局のインタビューに答えている画面が流れた時、私は目を疑った。

大臣の額に×がくっきり浮かび上がっていたのだ。

インタビュアーにはもちろん見えなかった様子だが、私にははっきり感じられる。彼自身もおそらくそれを感じていたのだろう。取材中もしきりに額に触れていた。目立たないように、ハンカチで押さえたりしているのだが、それは明らかに×を意識しての行為だ。

私は慌てて起き上がり、昨日スケジュール帳に書きとめたムラタの電話番号を調べた。連絡を取って、具体的に何をどうするつもりなのか自分でも分からなかったが、とにかくこの一件を話し、彼の意見を聞いてみたかった。

受話器を取り上げ、ダイアルを回す。呼出音を十回ほど聞いたが、誰も出ない。一旦《いったん》切り、今度は彼の職場の電話番号の方を回してみる。こちらは、すぐに相手が出た。彼が言っていた通り、中華料理店の名前が告げられる。

「ムラタさんを……」

私がそう言った瞬間、受話器の向こう側の相手が緊張する気配が伝わってきた。緊張と呼ぶのが適当かどうか……身を硬くして、すっと遠ざかるような感じだ。一瞬の間を置いてから、相手は言った。

「ムラタさんは今朝お亡くなりになられました」

努めて事務的に喋《しゃべ》ろうと意識している口調だ。私は啞然《あぜん》として言葉を失った。相手も、余計なことは喋りたくない様子だ。

「……どうして。何があったんですか」

私は、喉《のど》の奥から押し出すようにしてそれだけ訊《き》いた。一瞬の間がある。口にする前に頭の中で言葉を選んでから、相手はしめやかな口調で答えた。

「詳しいことは私も存じ上げてないのです。今朝、ご家族の方から電話がありまして、お亡くなりになったと……」

私は受話器を置いた。同時に、額の上の×がじくじくと膿《う》んだように痛み始めた。何かが、私の身の上にも起きようとしている。しかもそれは遠い未来のことではない。私ははっきりとそれを自覚する。

しかし自覚したからといって、私にはそれを避ける手立てはない。その時が来てそれが起きるのを、ただじっと待つだけだ。額の上の×が消え去るのは、きっとそれが起きた後なのだろう……。

固結びの人

風の強い日だ。

アパートを出て、住宅街のまんなかを抜ける路地を歩く。大通りに向かって、緩い上り坂になっている道だ。風が正面から吹きつけてくるので、うつむきがちになる。目を伏せ、足元を見つめながら歩く。

と、アスファルトの路面が所々ぬらぬらと濡《ぬ》れていることに気付く。粘り気のある液体だ。埃《ほこり》にまみれて色は判別できないが、坂の上の方から流れてきた様子だ。視線を上げると、その液体がどこから流れてきたものなのか、すぐに分かった。

二つ先の十字路に、ゴミ集積場がある。まだ朝も早いので、黒いビニール袋に詰められたゴミが山積されたままになっている。路面をつたう液体は、そのゴミ集積場から流れてきているようだった。

ぼくは少々不快になって、液体を踏まないように、足元に気を配りながら歩いた。坂を上り、できるだけ目を逸《そ》らすようにしてゴミの山の脇を通り過ぎようとした時、何か異質なものがそこに転がっていることに気付いて、足を止める。

人が倒れていた。

いや、正確には人のようなものが倒れていたと言うべきか。いずれにしてもその人間らしきものは、てらてらと黒光りするビニール袋の山の上に、うつぶせになって放り出されていた。

普通に倒れていただけなら、酔っぱらいだと判断して、一瞥《いちべつ》しただけで通り過ぎたかもしれない。しかしその人は、ただ倒れていただけではなかった。結ばれていたのだ。紐《ひも》状のもので縛られているわけではなく、身体そのものが紐のようにギュッと結ばれている。身の丈二十メートルの巨人が怪力を発揮し、人間の両手両足を持って引き伸ばした挙句に、ヘソを中心にぐるりと固結びをしたら、ちょうどこんな具合になるのではなかろうか。いずれにしてもその人は何らかの力によって固結びにされ、うつぶせに転がされていた。そして先程ぼくが発見した液体は、その腹部から大量に流れ出ていた。

ぞっとして立ち尽くしていると、背後から誰かが足早に通り過ぎていく気配がある。肩越しに振り向くと、出勤途中らしき中年サラリーマンだ。ぼくはほとんど反射的に声をかけた。

「あの、これ……」

固結びにされた人を指さして、震える声で指摘すると、サラリーマンは一瞬足を止めて目をやり、不快そうに顔を歪《ゆが》めた。

「ああ、それ。いいんですよ」

そんなことを言う。ぼくは呆気《あっけ》に取られ、二、三歩追いすがりながら、

「いいって？」

「だからいいんですよそれは。結んであるでしょう」

そう言い残して、サラリーマンはさっさと坂を上り切り、大通りへ消えた。ぼくはしばらくその場に茫然《ぼうぜん》と突っ立っていたが、急に激しい戦慄《せんりつ》を覚えて、坂を駆け下りた。今来た道を引き返し、アパートの自分の部屋へ逃げ込む。一直線に電話のもとへ行って受話器を取り上げ、一一〇番を回す。ややあってから、落ち着きのある低い声が響いた。

「はい、一一〇番です……」

「あの……」

ぼくはどう説明したらいいのか混乱して考えあぐね、しばらく口籠《くちご》もった。

「人が……倒れてるんです。血のようなものがいっぱい流れていて……」

「場所は、どこです？」

「S区M町の二丁目で、あの……近くに日本語学校があって……」

「倒れている人は？　どういう状態です？」

「どういうって……あの、何て言うんですか……結ばれちゃってるんです。ギュッと、固結びで」

「ああ……」

相手の男は急に興味を失ったように、気の抜けた声を出した。

「ならいいんですよ」

「いいって？　いいんですか？」

「だって結んであるんでしょう？」

「はあ、まあ」

「じゃあいいんです」

その言葉を機に、電話は向こうから一方的に切られた。ぼくは受話器を握りしめたまま、しばらく宙を見つめていた。そしてずいぶん長い時間をかけて、あれはあのままにしておいてもいいのだと自分に言いきかせた。理不尽な気もしたが、訴える相手も思いつかないし、他にどうしようもないではないか。

数日後。

やはり風の強い日に、ぼくはいつものように坂道を歩いていた。例のゴミ集積場の所に、ちょうどぼくと同い年くらいの青年が、茫然と立ち尽くしていた。背後を通り過ぎながらちらりと横目で観察すると、また固結びにされた人が、ゴミ袋の上に横たわっている。今度は女性のようだ。

知らぬ振りで通り過ぎ、大通りへ向かおうとすると、しばらく行った所で背後から呼び止められた。真っ青な顔をした青年が、固結びになった女性を指さして、

「あの……これ……」

と声をかけてくる。ぼくは溜息《ためいき》を漏らし、苦笑しながら答えた。

「いいんですよそれは。だって結んであるでしょう」

黄色い猫

「がッ……！」

一声吼《ほ》えて、ぼくはその何かを一気に吐き出した。同時に全身の力が抜け、その場に崩れ落ちてしまう。しばらく気を失っていたかもしれない。口のまわりにべたつく粘液感が戻ってきたのは、ずいぶん後になってからだ。朦朧《もうろう》としたままの意識の中で、ぼくは今自分が吐いたものをぼんやり眺めた。

それは溶けかけた肉の塊のようなものだった。大きさは握り拳《こぶし》ほど。色は黄色だ。何なのだろう、という好奇心が湧いてくるまでには、まだしばらくの猶予が必要だった。何しろ吐いたことでへとへとに疲れ切っていたのだ。小一時間ほどして、ぼくはようやく床の上を這ってその黄色い肉の塊に近づいた。

そばへ行って目を凝らしたとたん、ぼくは後ずさってしまった。それは猫の形をしていたのだ。いや、正確には猫の胎児と言うべきか。ちゃんと四つ足があり、尖《とが》った耳があり、粘液に濡《ぬ》れた毛がぺったりと身体に張りついていた。よく見ると、全身をゼリーのようにぷるぷると震わせている。ぼくはぞっとして目を逸《そ》らし、そのまま這ってベッドへ向かった。こんなタチの悪い夢はお断りだ。自分にそう言いきかせながらベッドへ上がろうとする直前で、ぼくは気を失った……。

次に目を覚ましたのは、昼過ぎだった。意識が戻るにつれ、喉の渇きと頭痛が襲いかかってくる。同時に、眠りの間に見た気味の悪い猫の夢も、脳裏に蘇《よみがえ》ってきた。

ぼくはゆっくりと上体を起こし、大きく深呼吸してから、おそるおそる台所の方を眺めやった。流しの前の床面が濡れて、ぬるぬると光っている。吐いた痕跡《こんせき》だ。しかしあの大きな肉の塊は、どこにも見当たらない。ぼくは安堵《あんど》して苦笑をもらし、あるわけないじゃないかと自分に言いきかせた。ようするに吐きながら夢を見ていたというわけだ。

ゆるゆる立ち上がり、水を飲みに台所へ向かう。

と、その途中でぼくははっとして足を止めた。どこかで子猫の啼《な》き声が聞こえたような気がしたのだ。息を止め、耳を澄ます。確かに子猫の啼き声がする。しかもごく近い場所で……。ぼくは体を硬くして、台所のあちこちへ視線を投げた。

どこだ？　どこにいる？　そうやって必死で室内を見回す内に、啼き声の出所はほどなく分かった。

それはぼく自身の腹の中から響いていたのだ。

厄介なファックス

もしかしたらテレビがいけなかったのかもしれない。

ファックスはテレビの隣に置いてあるのだ。あるいはコードレステレホンがいけなかったのかもしれない。これもファックスの近くに置いてある。つまりぼくの事務所のファックスは、テレビとコードレステレホンに挟まれているわけだ。いかにも悪影響を受けそうではないか。

設置した当初から、このファックスは受信状態が非常に悪かった。太い縦の罫《けい》が五本入って原稿が読めなかったり、あるいは混線して見知らぬ発信人からの見積書のようなものを受信したり、とにかくトラブル続きだったのだ。そのくせ業者を呼んで調べてもらうと、どこも悪くないと断言され、無駄な出張料金を何度も払わねばならなかった。つい十日ほど前も例によって混線騒ぎが起き、ぼくはかなり躊躇《ためら》った後にいつもの業者を呼んだ。二時間ほどで到着した業者は、いかにも面倒臭そうな手付きでファックスを点検し、

「異常ありませんね」

と溜息《ためいき》まじりに言った。そしてファックスの設置場所を移すように進言した上で、この

際新しい機種に換えたらどうかと抜かりなく勧めるのだった。ぼくは憮然《ぶぜん》として、新しい機種に換えればトラブルは絶対にないのかと尋ね返した。すると業者はしたり顔でこう答えた。

「それは保証できかねます」

ようするに換えてみなければ分からないと言うのだ。

「ひょっとしたらこのマンションの場所とか方角が悪いのかもしれませんしね。土地自体が磁場の影響を受けている可能性もあるわけだし」

棄て台詞《ぜりふ》のようにそう言い残して、業者は帰っていった。実に不愉快だった。ぼくはその場でファックスを叩《たた》き壊してやりたい衝動にかられたが、かろうじてその気持を抑えた。とはいえそれらは単なる故障に過ぎなかったのだ。本当の異変が起きたのは、先週の金曜日だった。

深夜、終電の時間を横目で睨《にら》みながらぼくはワープロを叩いていた。そこへファックスの呼び出し音が鳴った。仕事柄、夜中にファックスが入るのは珍しいことではない。ぼくは振り返りもせずに、机に向かったままでいた。

呼び出し音が途切れ、ファックスが受信状態になったことを告げるカン高い電子音が響く。そして感熱紙のロールがゆっくりと回転し始める。ところがこの音がいつもとは違っていた。厚い布をめりめりと引き裂くような音、あるいは刃のこぼれた包丁で無理やりハムを切るような音……いずれにしても異常な音だった。何だろうと思って振り返った刹那《せつな》、ぼくは叫び声を上げそうになった。

感熱紙が出てくるべき細い隙間から、人間の腕が突き出していたのだ。それは紙に描かれたものではなく、立体だった。本物の腕だ。ぼくは瞬《まばた》きを忘れて、その腕を見つめた。やがてオートカッターの乱暴な音が響き、同時にその腕は重々しい音を立てて床へ落ちた。受信完了のブザーが鳴る。

床の上にごろりと転がった腕は、精巧な蠟細工《ろうざいく》のようにも見える。しかし仮にそれが蠟細工だったとしても、ファックスから出てきた驚きには変わりがない。

十分ほど、そうやって離れた位置から見つめていたろうか。このままでは埒《らち》があかないと思って、ぼくはようやく立ち上がった。おそるおそる腕に近づいてみる。一見したところ、男の左腕のようだ。オートカッターによる切断面は実にきれいで、磨き込んだ石の表面のようにつるつるしている。もちろん血も流れていない。やはり作りものだろうか。

ぼくは机の上から鉛筆を持ってきて、その先端で腕をつついてみた。何とも言えない弾力がある。作りものにしては、あまりにもリアルだ。

今度はファックスの方を調べてみる。蓋《ふた》を開け、感熱紙のロールを取り出して中を覗《のぞ》き込む。何も変わった様子はない。こんなところからどうして腕が出てきたのか、まったく説明がつかない。

しかし現実に腕はここにあるのだ。

どうやってこの事態を切り抜けたらいいのか、ぼくには見当もつかなかった。警察を呼ぶべきだろうか。しかし何と言って説明すればいい？　ファックスから腕が出てきたんです、という言葉を信じる馬鹿がどこにいる。警察はぼくを捕らえ、残りの身体はどこへ始末したのかと追及するだろう。

ぼくは床に転がった腕を前にして、徐々に混乱を極めていった。額に汗が浮かび、ひどい頭痛がする。正直、腕をこのまま放置して逃げ出してしまいたかった。突然現れたものなのだから、突然消え失せてくれるかもしれない。そんなふうにも考えたが、どうしても身体が動かなかった。

その内に、ぼくはあるひとつのことを思いついた。無駄かもしれないが、やってみるだけの価値はある。

ぼくは勇気をふりしぼって腕に近づき、壊れものを扱うように用心深く持ち上げた。腕は生あたたかく、柔らかだった。ぼくは戦慄《せんりつ》を押し殺して腕をファックスの上へ乗せ、指先を送信口の中へ強引に突っ込んだ。そして間を置かずにファックスのプッシュダイアルを目茶苦茶に押し、息を殺して待った。

やがてどこかへ繋《つな》がった音がして、ファックスの青い光が灯《とも》る。腕が、少しずつ動き始める。ファックスの中へと消え失せていく。ぼくはじっと身を硬くして、その様子を見つめた。およそ二分ほどの時間をかけて、腕はファックスの中へと吸い込まれていき、影も形も見えなくなった。

日本のどこかのファックスへ、あの腕は送られたわけだ。おそらくぼくの部屋のファックスへも、同様の経緯で送られてきたに違いない。

ぼくは全身脱力して椅子に座り込み、額の汗を拭《ぬぐ》った。悪い夢から覚めたような気がした。しかしこれで本当に終わりなのだろうか。もしかしたら明日、今度は足がどこかから送られてくるかもしれないではないか……。

スコールを横切る

撮影は午前中一杯で終わった。

雲ひとつない晴天で、モデルの娘もすんなり脱いでくれたから、思いのほか早く済んだのだ。ユウ、という名のそのモデルは、とてもきれいな胸をしていた。男の掌のために実ったような大きさで、さくら色の乳首は誰かに摘ままれるのを待ち焦がれて、ぴんと上を向いたまま、浅黒い肌の中に咲いていた。ぼくは波打ち際でレフ板を高く掲げ、腕の痛みも忘れて、ただ彼女の乳房に見入った。撮影の間じゅう、勃起《ぼっき》していることをスタッフの連中に指摘されるのではないかと、気が気ではなかった。やがてボスがOKを出し、ユウが海から上がって来る頃になって、ようやくぼくは自分の両腕がひどく疲労していることに気づいた。

「後、頼むぞ」

いつものようにボスは一言そう告げると、スタッフ全員を引き連れて港の方へ行ってしまった。撮影が早く済んだら潜りに行くと言っていたから、おそらく船をチャーターするつもりなのだろう。

炎天下の砂浜に、ぼくだけが残った。

レフ板を掲げていた余韻で、しばらく両腕が利きそうにない。掌を握ったり開いたりして、恢復《かいふく》を待つ。太陽はちょうど真上にあり、容赦のない尖《とが》った光を照射し続けている。ぼくは半袖《はんそで》のTシャツから剝《む》き出しになった両腕をしきりに撫《な》で回しながら、辺りに物影を探した。振り返ると、白い砂浜が延々と続いた果て、およそ四、五百メートル先に熱帯雨林の緑が見える。そこまで歩かないかぎり、辺り一帯には何の影もない。しかもガイドの話だと、その林には毒蛇がうようよしているらしい。ホテルからこの浜へ来る時も、ぼくら一行はわざわざ林を迂回《うかい》して、歩きにくい海岸べりを辿《たど》ったのだった。

ぼくは舌打ちをもらし、立ち上がって太腿《ふともも》の裏側についた砂を払った。ぐずぐずしていたら、本当に日射病になってしまう。手ぶらで歩いても、ホテルまで三十分はかかるのだ。ましてや撮影機材を抱えて砂浜を辿るとなると、四、五十分は覚悟しなければならない。考えただけでも、病気になりそうだ。

早速レフ板を畳むことから始めて、機材一式を片づける。三脚を縮め、細々したものを取りまとめた後、入念にレンズの塵埃《じんあい》を払う。この作業だけで二十分もかかってしまい、暑さのために頭がくらくらしてくる。ようやくすべての機材を片づけ、両肩、両腕に担って立ち上がると、足元が覚束《おぼつか》なかった。右手に広がる真っ青な海原からは、絶えず潮騒が響いているはずなのだが、しばらく何も聞こえない。脳裏にあるのは、ホテルの冷蔵庫に冷えている一本のコカ・コーラ。そしてついさっきまで目の前で揺れていた、ユウの乳房だ。

途中、ぼくは何度も立ち止まって機材を下ろし、息を整えた。全身から汗が噴き出し、脱水症状を起こしそうだ。肩越しに振り向くと、白い砂浜にぼくの足跡が点々と刻まれている。島の繁華街とは正反対の位置にあるこの砂浜には、生き物の気配がまったくない。ただ海だけが、ひとつの巨大な生命体のように、ゆったりと蠢動《しゅんどう》している。

ホテルまであと十五分ほどの地点まで差し掛かった頃、右手に広がる海の色が急に変わり始めた。不思議に思って足を止めると、まるで物陰へ入ったかのように、辺りが薄暗くなった。あっという間の出来事だった。辺りの風景が一変して、雨粒が落ちてきた。

スコールだ。

喉《のど》の渇きを覚えていたところだったので、喜んで口を開け、空を仰ぐ。が、すぐに辟易《へきえき》してしまった。雨などという生やさしいものではない。まるで小石が降ってくるような勢いなのだ。まともに目を開けることもできなくなって、その場に立ち往生してしまう。目の上に掌をかざして辺りを見回すと、左手の方角にこんもりした緑が微《かす》かに覗《のぞ》いた。ぼく自身はそのまま濡《ぬ》れていても一向に構わないのだが、何より機材が心配だった。帰り道のコースからは少し外れてしまうが、背に腹はかえられない。機材一式を担いで、うつむきがちに歩き始める。

近づくにつれて、こんもりした緑の塊はパームツリーであることが判明してくる。目を凝らすと、その樹々に囲まれて一軒のコテージが建っている。平屋だが、この島の建物にしては随分と豪華だ。外国人の好事家《こうずか》が面白半分に建てたものの、たいして利用もせずに打ち捨てた別荘、といった趣か。

雨がますます強さを増してきたので、ぼくは必死で歩を速めた。と、建物の庭先に、鮮やかな赤色のビーチパラソルが二つ、並んで立っていることに気づいた。その内のひとつにはビーチチェアが据えてあり、海岸の方を向いて誰かが横たわっている。体つきからして、たぶん男だろう。

パラソルまであと数メートルの所まで差しかかった時、ビーチチェアの男は肩越しに振り返り、ぼくと目を合わせた。左目が眼帯で覆われている。東洋系の、年老いた男だ。

「おやおや……」

男は、思いがけず日本語で呟《つぶや》いた。

「これは珍客だな」

ぼくは足を止め、雨の中に佇《たたず》んだまま、男の顔を見下ろした。六十歳前後の、ひどく痩《や》せ細った老人だ。黒い海水パンツ一枚の姿で、ビーチチェアの上に寝転がっている。

「あの……雨宿りを」

「いいとも。そっちのパラソルへ入りな」

男はしわがれた声で答えた。一礼してパラソルの下へ入ると、急に視界がくっきりと鮮明になった。機材を下ろし、Tシャツの裾《すそ》で顔を拭《ぬぐ》う。まったくとんでもない雨だ。

「日本人か？」

「はい」

苦笑して答えると、男は楽しそうに笑った。

「何してるんだこんなところで。そんな荷物を持って」

「撮影なんです。広告の」

「撮影？　写真家か」

男はにやにやしながら眼帯をいじり、ビーチチェアの角度を調節して深く腰掛けなおした。ふと見ると、男の腹には横一文字に傷跡がついている。たぶん手術の跡だろう。生っちろい肌の中で、その部分だけが紅《あか》く盛り上がっている。

「宿はどこだ？」

海の方角を向いたまま、男は訊《き》いた。雨音が激しくて、危うく聞き逃しそうになる。一瞬の間をおいてからホテルの名前を告げると、男は心得顔でうなずき、

「あそこはいい。メインバーにキモトという日系のバーテンがいる。あの男の作るトム・コリンズは絶品だ」

「お知り合いなんですか？」

「まあな」

この時になって初めてぼくは自分が名乗っていないことに気づき、慌てて自己紹介をした。男の方は〝モリオ〟と名乗った。

「そこに住んでらっしゃるんですか？」

ぼくは背後の別荘を顎《あご》で示した。

「ああ」

「お一人で？」

「ああ。いや、女がいる。地元の女だ。とっかえひっかえというやつだ」

「悠々自適ですね」

お世辞のつもりで、ぼくはそう答えた。しかし男はつまらなそうに鼻を鳴らし、「馬鹿な」と言い捨てた。その一言でぼくらは気まずくなってしまい、しばらく互いに黙り込んだ。ぼくはジュラルミンのケースに腰を下ろし、伏目がちに男の様子を観察した。

表情が分かりにくいのは、左目の眼帯のせいだろう。顎のあたりに、白い無精髭《ぶしょうひげ》が浮いている。頭は白髪で、額の部分はかなり後退している。全体的には意志的な顔立ちをしているのに、どことなく精彩がない。一番印象的なのは、やはり腹の傷跡だ。

「こいつが気になるか」

男はぼくの視線を感じてか、腹を撫でながら訊いてきた。「いえ」と短く答えると、男は声を落として、

「癌なんだよ」

と言った。瞬間、あたりの雨音が繁くなる。ぼくは言葉を失って口籠《くちご》もった。

「同じ所を二回も切ったんだ。しかし駄目なものは駄目だ。今はもう目に転移してな、一日じゅう頭の中に雨が降りやがる」

男は相変わらず海の方角を向いたまま、独言のように呟《つぶや》いた。

「まったくこの俺がこんなザマとはな。思いもよらなかった」

自嘲《じちょう》めいた男の口調は、ぼくに疑いを抱かせた。からかわれているのかもしれない、と思ったのだ。金持ちの隠居老人が、退屈しのぎにやりそうなことではないか。ぼくはひそかに溜息《ためいき》をもらし、早くこの場を去りたいと願い始めた。

「冗談だと思っているな？」

男は、こちらの心を見透かすようにそう言った。ぼくはひやりとして顔を上げ、いいえ

と呟いて首を振った。

「別にぼくは……」

「まあいい。君には関係のないことだ」

男は言いながら上体を起こし、ぼくと視線を合わせた。ひどく血走った右目だ。瞳《ひとみ》の表面に、ぼんやりと薄い膜がかかっているように見える。見据えられて、ぼくは何故か背筋を寒くした。

「ひとつ頼みがある」

男は一語ずつゆっくり力を籠めて言った。

「雨宿りをさせた返礼と言っては何だが、どうだろう。写真を一枚、撮ってくれないか」

「写真……ぼくがですか？」

「写真家だと言ったろう」

「それはまあ、まだ卵ですけど」

「撮ってくれ、俺を。一枚でいい」

男の口調には、有無を言わせない迫力があった。ぼくは曖昧《あいまい》にうなずき、何か特別な力に操られたような調子で、ジュラルミンケースの蓋《ふた》を開けた。ボスのものではなく、ぼく個人の愛機である一眼レフを取り出し、

「撮って、どうするんです」

絞り出すようにそう訊いた。

「いいから一枚撮れ。シャッターを押すだけでいい」

納得のいかないまま、ぼくはカメラを構え、ファインダーを覗いた。フィルムは既に充《じゅう》塡《てん》してある。バストサイズで男の姿をとらえ、ほとんど無意識のうちにシャッターを切る。

「撮ったな？」

言いながら、男は立ち上がった。

「ちゃんと撮ったな？」

「ええ」

男は不意に大声で笑った。自虐的な、厭《いや》な笑い声だった。

「何が可笑《おか》しいんです？」

ぼくが尋ねると、男はパラソルの陰から雨の中へ歩き出し、二、三歩行ったところで振り返った。

「現像してみろ。死ぬということがどういうことなのか、よく分かるぞ」

そう言い残して、男は水煙の中へ消えて行った。ぼくは啞《あ》然《ぜん》としてその後姿を見送り、しばらくしてから急に気味が悪くなって、機材を抱え、ホテルへ向かって走り出した。

その夜。

ぼくはスタッフと合流して、ホテルのメインバーでカクテルを飲んでいた。昼間の一件は確かに後味の悪い出来事だったが、それほどこだわっているわけではなかった。運悪く変人と擦れ違って、わけの分からない戯言《ざれごと》を聞かされただけのことだ。

カウンターの中には日系のバーテンダーがいて、生真面目な表情でシェイカーを振っている。あの老人が言っていた、キモトというバーテンダーだろう。

「トム・コリンズが得意なんですってね」

既に酔いが回っているせいもあって、ぼくは気楽な調子で話しかけた。男は一瞬不思議そうな顔をしてから、微笑んで見せ、

「よく御存知で」

と日本語で答えた。

「あのヘンな爺《じい》さんから聞いたんですよ」

「爺さん？　どなたのことで？」

「ほら、ここから十五分くらいのところに、海岸べりに別荘を構えている日本人の……何て言ったかな」

「モリオさん、ですか？」

「そうそう。その爺さん。雨宿りで立ち寄ったら、からかわれちゃってね」

バーテンダーは、振っていたシェイカーの手を止めた。一瞬口籠もってから、

「お客様は、いつからご滞在です。そんなに長くいらっしゃいましたっけ？」

と訊いてきた。

「……昨日からですよ。それが何か？」

そう答えると、バーテンダーはにやりと笑い、またシェイカーを振り始めながら、

「ご冗談を」

と呟いた。ぼくはその真意が分からずに、眉《まゆ》をひそめた。続けて、彼はこう言った。

「モリオさんが亡くなったのは、二年も前のことですよ。あの別荘も売りに出たまま、買い手がつかずに廃屋になっていますしね」

ぼくは持っていたグラスを取り落としそうになった。同時にモリオという男の、最後の言葉が反芻《はんすう》される。

――現像してみろ。死ぬということがどういうことなのか、よく分かるぞ。

彼を写したフィルムは今、ぼくのポケットの中に入っている……。

ミセスKの鏡台

雨が降り始めたらしい。

地下鉄の改札で擦れ違う人の多くが、畳んだばかりの傘の先から雫《しずく》を滴らせている。幸いぼくらも傘を持って家を出たので、濡《ぬ》れる心配はない。けれどぼくはひどく憂鬱《ゆううつ》だった。というか、妙な胸騒ぎを覚えていたのだ。これは天候のせいではない。

「暗い顔しちゃって」

地上へ向かう階段を上りながら、彼女は不服そうに言った。

「散財するのが厭《いや》なんでしょう。大丈夫よ、そんな高いもの買わないから」

「そうじゃないさ」

一応否定してみたものの、あながち的外れな指摘ではなかったので、表情が曇ってしまう。確かに彼女の散財は、ぼくにとって決して喜ばしいことではない。指輪にしても家具にしても電化製品にしても、彼女は常にあらかじめ話し合った予算以上のものを買ってきてしまう。お嬢さん育ちで、値段に頓着《とんちゃく》せずに買物を楽しんできた癖が抜け切らないのだ。ぼくの稼ぎが悪いと言ってしまえばそれまでだが、結婚してもう二年にもなるのだから、いいかげん現実的になってもらわなくては困る。

「結構降ってるわね」

地上に出て、空を見上げながら彼女は言った。その傍らで、ぼくは傘を広げる。男物の大きな傘だ。彼女はすぐにぼくの腕を取り、傘の下へ入った。肩を窄《すぼ》め、寄り添ってぼくらは歩き始めた。

彼女が女性雑誌で見たアンティークの店というのは、地下鉄の駅から歩いて五分ほどの所にあった。大通りから一本裏の筋へ入った、目立たない場所だ。周囲には印刷所や製本所が点在し、雨の香《か》に混じって、時折インクの匂いが漂ってくる。

「こんな所で店を開いて、商売成り立つのかな」

歩きながら、ぼくは素朴な疑問を口にした。彼女はそれを聞き流し、前方を指さして、

「あそこよ」

と華やいだ声を上げた。久し振りに大きな買物を許されたのが、よほど嬉《うれ》しいらしい。濡れるのも構わずに傘の下から飛び出し、弾むような足取りで駆けていく。

その日は、彼女の鏡台を買ってやる約束だった。ずいぶん以前から欲しがっていたのだが、高価なものだし、かといって間に合わせの安物を買うのは結局損になるので、金に余裕ができるのを待てと言い含めていた。そうやってきちんと釘《くぎ》を刺しておかないと、彼女

はすぐに実家の父親にねだって、ぼくの知らない内に何でも手に入れてしまう。彼女にしてみれば実の父親なのだから気兼ねする必要はないのかもしれないが、ぼくとしては甚だ肩身が狭い。彼女が勝手に購入したアンティークのサイドボードや書棚、小さな引き出しのついた電話台などを見るたびに、何だか厭味《いやみ》を言われているような気分になる。

「早く、早くいらっしゃいよ」

彼女は店の正面の入口に駆け込んで、ぼくを呼んだ。傘を畳む前に見上げると、その店が何かの倉庫を改造したものであることが分かった。体育館ほどもある大きな倉庫で、正面の部分だけをペパーミントグリーンに塗って、白薔薇《しろばら》の紋様を描き込んである。見栄えを考えてそんなことをしたらしいが、結果的にその試みは失敗していた。何も手を施さず錆《さび》色に朽ちた左右の壁の方が、よほどアンティーク屋らしくて好感がもてる。

しかし彼女はそんな外観など気にかけない様子で、ぼくの手を引き、店の奥へと足を運んだ。まるで自分の家へ招き入れるかのような、慣れた足取りだ。

店内は一種異様な光景だった。

テーブルやサイドボード、書棚など多種多様な家具が、ちょうど人一人通れるほどの通路を残して、所狭しと陳列されている。見上げると天井には、百を超える数の椅子が蝙蝠《こうもり》のようにぶら下がっている。見渡す限り家具の海だ。目を見張るほど豪華なものもあれば、凝った意匠を施されているもの、逆に驚くほど古ぼけているものなど、とにかくそれぞれに強烈な個性がある。百貨店の家具売場などとはまったく違う、不思議な雰囲気がそこにはあった。

彼女に手を引かれて奥へ奥へと進むにつれ、ぼくは何か居心地の悪い思いに囚《とら》われた。混雑する駅のコンコースを裸で歩いているような気分だ。周囲の家具たちがじっと息をひそめてこちらを見ている——そんな気がしたのだ。

「あら、ピアノがあるわ」

前を行く彼女が急に足を止めて、そう呟《つぶや》いた。見ると、背の高いキュリオケースに挟まれて、漆を塗ったかのような光沢を放つピアノが飾ってある。

「ピアノは持ってるじゃないか」

不機嫌な声で答えると、彼女は無邪気に舌を出してみせた。結婚と同時に、彼女が実家から運んできたローズウッドのアップライトピアノは、未《いま》だにぼくの悩みの種なのだ。ベッドルームに置いてあるのだが、かなり大きいものなので圧迫感がある。アンティークのピアノなので、調律がおかしくなっているらしく、彼女はこれを弾こうとはしない。ようするに場所を塞《ふさ》ぐだけの飾りなのだ。

彼女はぼくの不機嫌を見てとったのか、素早くピアノの前を離れた。通路の両脇を熱心に眺めながら、さらに奥へ進み、ようやく目当ての鏡台が並ぶコーナーに辿《たど》り着いた。ぼくは彼女の手を放し、腕組みをして、少し離れた場所から品定めをした。デザインや大きさではなく、まずプライスカードの一々を眺めていく。

そこには二十あまりの鏡台が展示してあったが、どれもぼくが考えていた予算の三倍の値段がついている。とても手が出ない。そのことに気付いて、ぼくはますます居心地が悪くなった。見るだけ無駄だ。しかしこの場をすぐに立ち去るわけにもいかない。諦《あきら》めるよう彼女を説得するには、かなりたくさんの言葉が必要だろう……。

「ちょっと高いわね」

彼女は振り返ってぼくと目を合わせると、遠慮がちに言った。

「ちょっとじゃなくて、かなりだよ」

「そんな顔しないで。私、わがまま言わないから。ね」

いつになく殊勝なことを言う。おそらく値段以前の問題として、気に入ったものがそこになかったのだろう。いずれにしてもぼくは胸を撫《な》で下ろし、帰ろう、と言いかけた。そこへ背後から女性の声がかかった。

「鏡台をお探しですか？」

不意だったので驚いて振り向くと、小柄な女店員が立っていた。童顔なので年齢が分かりにくいが、三十代後半くらいだろうか。髪をショートにしてあるために、やけに耳が大きく見える。フェネックという耳の長いイヌ科の小動物を想わせる顔立ちだ。

「予算はどれくらいでしょう？」

続けて女店員は尋ねてきた。その問いはぼくに向けられたものだったが、代わって彼女が答える。

「ここにあるものより、もう少し安いと嬉しいんですけど」

「お値段の方はねえ、少しくらい何とかできるんですよ。本当に気に入っていただけたのなら、ご相談に乗ります。アンティークの値段なんてね、ほら、あってないようなものでしょう」

そう言って女店員は人なつっこい笑顔を浮かべた。これを聞くと彼女は力を得たらしく、急に饒舌《じょうぜつ》になった。束の間値段のことは忘れて、デザインや色、大きさなどについて細かい希望を説明し始める。門外漢のぼくにも、それがかなり難しい注文であることが分かった。女店員は黙って彼女の話に聞き入り、段々表情を曇らせていった。

「ローズウッドと言っても、ずいぶん色々ありますからねえ」

やんわりと釘を刺し、しばらく考え込む。辺りが急にしんとして、屋根を打つ雨音が間近に募ってくる。その音に刺激されたわけではないだろうが、地下鉄の改札を出た時に感じた得体の知れない胸騒ぎが蘇《よみがえ》ってくる。やがて女店員は、半ば話したくなさそうな様子でこう言った。

「一点だけ心当たりがあるんですけど、傷ものなんですよ。だからちょっとお勧めしにくいんですけど……」

「どこにあるんです？」

彼女は性急に尋ねた。

「裏の配送口の方です。一応ご覧になりますか？」

「ええ。ぜひ」

彼女は先に立って、建物の裏へ向かった。後から女店員、ぼくの順で続く。どういうわけか胸騒ぎが激しくなってくる。こんなことは生まれて初めてだ。まるで先端恐怖症の人間が反射的に尖《とが》ったものから目を逸《そ》らすように、ぼくはこの場を一刻も早く立ち去りたく感じた。

その鏡台は乱雑にダンボール箱が積まれた配送口の片隅に、ひっそりと置いてあった。目にしたとたん、ぼくはぞっとした。暗闇で何か思いがけないものを踏んでしまったような悪寒が、背筋を走った。

「あら、悪くないわ」

しかし彼女は嬉《うれ》しそうに声を上げ、その鏡台に駆け寄った。ぼくは後ずさりしそうになる自分を励まし、ゆっくりと彼女の後に従った。

確かに五十年前なら、その鏡台は悪くなかったろう。材質はローズウッドで立派なものだし、クラシカルな猫脚のデザインもなかなかのものだ。しかし手入れがまったくなされていないのでひどく見すぼらしい。しかも左側に三段ついている引き出しの一番下は、紛失してしまったのか、穴が開いているだけだ。鏡にしても褒められた状態ではない。縦五十センチ横七十センチほどで、大きさは申し分ないけれど、四隅が内側から腐食していかにも汚らしい。

「実はこれ、私共で買いつけしたものじゃないんです。向こうの古道具屋が気をきかせてサービスしてくれたらしくて——時々そういうことあるんですけどね、届いた船便の中に混ざってたんです」

鏡台の傍らに立って、女店員は申し訳なさそうに説明した。しかし彼女の耳にはその言葉の半分も聞こえていないらしい。どこかしら鋭角的な表情になって、熱心に鏡台のあちこちを触っている。その内、ふと思い出したような調子で、

「一番下の引き出しは、ないんですか？」

「そうなんです。それさえあればねえ、磨き上げて何とかするんですけど」

「二番めの引き出しは……これ開かないのかしら？」

　把手《とって》を握りしめ、力まかせに引っ張りながら尋ねる。

「そうなの。それ不思議なんですよねえ。内側から留めてあるのかと思ったら、違うんですって。ウチの職人が調べたら、二番めの引き出しは単なる飾りらしいんです。木の表面を彫って、引き出しみたいに見えるようにしてあるだけだって」

　話を聞いている内に、ぼくは段々胸苦しくなってきた。ちょうど背後の壁際にパイプ椅子が置いてあったので、断りもせずに腰を下ろし、深呼吸をした。雨の匂いが混じった冷たい空気が、静かに胸を満たす。その時、彼女が短く高い声を上げた。棘《とげ》でも刺したのかと思って顔を上げると、彼女は唇を半開きにして、心底驚いた表情を呈していた。

「ちょっと、これ見て」

　手招きされて近寄ると、彼女は鏡の裏側を指さした。薄暗くて分かりにくいが、目を凝らすと鏡の裏に張った薄板の上に、傷のような凹《へこ》みがおぼろげに見える。それは烙印《らくいん》だった。消えかけているが“Mrs. K”とかろうじて読み取れる。

「私のピアノと同じよ」

　彼女は興奮して言い放った。

「家にあるアンティークのピアノにも、これと同じ烙印が蓋《ふた》の裏に押してあるんです。色もそっくりだし。これ、きっと同じ人の持ち物だったんだわ。ねえ、そうでしょう。そう思いませんか？」

隣にいる女店員の手を取って、彼女は早口に尋ねた。何と答えたものか、戸惑っている様子だ。一方、再び胸苦しさを覚えたぼくは、元いたパイプ椅子の所まで戻って、腰を下ろした。一体どうしたのだろう。本当に体調が悪い。

「これ、買ってもいい？」

彼女は振り向いて、もう半分決めているような口調で訊《き》いた。ぼくは反射的に首を横に振った。はっきりとした理由はないが、生理的にこの鏡台は気に入らない。しかし彼女はぼくの反応など目に入らなかった様子で、鏡台の方へ向き直り、

「これ頂きます。お幾らかしら」

そう言って、鏡の中に映るぼくと目を合わせた。瞬間、彼女の顔が見知らぬ女のように見えた。その女は厭《いや》な笑いを浮かべて、充血した目でぼくを見ていた。

ぼくはもっと頑《かたく》なに反対すべきだったのかもしれない。

しかし彼女は一旦《いったん》こうと決めたらなかなか後へ退《ひ》かない性格だし、鏡台の値段も驚くほど安かったために、文句のつけようがなかったのだ。ぼくがその鏡台に対して得体の知れ

ない厭な印象を抱いたのは確かだが、そんなことを言ってもまともに受け取ってもらえずに口論になるばかりだ。

一週間後の晴れた日曜日に、鏡台はぼくらの住むマンションの一室に届いた。彼女は上機嫌だった。例のピアノと、ダブルベッドが置いてある寝室の一隅へ据えると、鼻唄《はなうた》を歌いながら早速掃除を始めた。既にアンティーク屋できれいに磨き上げてあるにもかかわらず、さらに光沢を放つよう、乾いた布で拭《ぬぐ》ってから家具用のワックスをかけた。

「ミセスKの鏡台」

と彼女はそれを呼んだ。同時に、今まで名無しだったピアノも「ミセスKのピアノ」と呼ぶことにしたらしい。

ぼくはダブルベッドの上に腰を下ろし、煙草を吸いながら彼女を見守っていた。明るい陽射しのもとであらためて眺めると、その鏡台も悪くなかった。鏡の四隅の腐食と、引き出しがひとつないことはどうしようもなかったが、ローズウッドの木の部分は輝きとともに威厳を取り戻していた。ベッドを隔てて反対側に置いたピアノとも絶妙のコーディネイトで、部屋の印象を落ち着いたものにしている。そして何より、あのアンティーク屋でぼくが抱いた厭な感じが、いつのまにか払拭《ふっしょく》されていた。それは単に古くて味わいのある鏡台に過ぎない。

「精が出るねえ」

飽きずに鏡台を磨き続ける彼女の背中に、ぼくは声をかけた。こんな生き生きとして嬉しそうな顔は、久し振りだ。

「見てないで手伝ってよ」

彼女は笑いを含んだ声で答えた。鏡の中で目を合わせて、ぼくらは微笑み合った。


不思議なことが起きたのは、鏡台が届いて十日ほど経った夜のことだ。

夕方から、冷たい雨が降り出していた。

勤め先の連中と軽く飲んでから帰宅すると、彼女は既に寝入ってしまったのか、家内に明かりはなく、しんと静まり返っていた。いつもなら玄関の扉を開けると同時に、彼女は飛んでくるはずだった。帰りしなに駅前の果物屋でフルーツのバスケットを買ってきたぼくは、空振りをくわされた気分で薄暗いダイニングへ入り、明かりをつけた。椅子に上着をかけ、ネクタイを緩めて、一人でグレープフルーツを食べ始める。

いつになく静かな夜だった。しのつく雨の音が、耳元へ迫ってくるかのようだ。

グレープフルーツを半分食べ終えたところで、やはり彼女を起こそうと思って立ち上がる。振り向いた瞬間、ダイニングの入口の所に黙って立ちつくしている人影に気付いて、声を上げそうになった。それは白いパジャマを着た彼女だった。

「どうしたんだ」

ぼくは尋ねた。

「何が？」

「何って……具合悪そうじゃないか」

「そう……？」

彼女は気のない返事をして歩み寄り、ダイニングテーブルについた。ぼんやりとした焦点の合わない目をしている。寝惚《ねぼ》けているのだろうか。

「フルーツ、買ってきたんだ」

そう言ってぼくはバスケットを指さした。彼女は何も答えない。何か重大な考え事をしている様子だ。

「何かあったのか？」

もう一度尋ねると、彼女はようやくはっきりした表情になって、ぼくの目を見た。そしてテーブルの上へ身を乗り出し、

「変なことがあったの」

真剣な顔でそう言った。

「何が？」

「あの鏡台……」

言われたとたん、ぼくは胸騒ぎを覚えた。あの日、アンティーク屋で感じたのと同じ悪寒が背筋を這《は》う。

「夕方寝室を掃除してたら、鏡台の引き出しの中で物音がしたのよ。小さい動物が……鼠が動くみたいな。怖いから放っておいたんだけど、やっぱり音がするの。だから私、そばへ行って思い切って引き出しを開けたのよ。そしたら何もいなくて……私の化粧道具が入ってるだけだったわ」

「気のせいだろ」

ぼくは口を挟んだ。聞きたくない、という気持が心のどこかにあった。

「そうじゃないの。それで私、おかしいなと思って、何の気なく二番目の引き出しの把手を引いてみたの。そしたら……」

彼女は言葉を切り、唾《つば》を飲み込んだ。いつのまにか雨が激しくなったらしい。まるで滝の傍にいるような水音が、耳を塞《ふさ》ぐ。

「……開いたのよ」

彼女の声は掠《かす》れて、雨音に掻《か》き消されそうだった。

「二番目の引き出しが？」

「開いたの」

「そんなわけないだろ。あれは飾りなんだから」

「でも開いたの」

「一緒に確かめたじゃないか。彫ってあるだけだって。あの店の人だって……」

「でも開いたのよ」

彼女は叫びに近い声を上げて、ぼくの言葉を遮った。ぼくは冷静を装って椅子に掛け直し、上着のポケットから煙草を取り出した。動揺のためか、ライターの火がなかなかつかない。彼女は椅子から立ってぼくの傍らへ来た。そして手を握りしめた。その掌は汗ばんで、震えていた。

「本当に開いたのよ。それで……奥の方からごそごそ音が聞こえたの。私怖くて、急いで閉めたのよ。それからふっと顔を上げると、鏡の中に女の人が映ってたのよ」

「自分だろう」

「違うわ。私の後ろに立ってたのよ」

「目の錯覚だよ」

間を置かず、ぼくは即座に否定した。そんなことがあるはずはない。しかし彼女は激し

くかぶりを振り、

「本当にいたのよ。その人、私の顔をしばらくじっと見つめてから、ピアノのところへ行って蓋《ふた》を開けたの。弾いたのよ。音が聞こえてきて……それから……」

彼女は爪が食い込むほど力強くぼくの手を握りしめ、不意に泣き出した。ぼくは啞然《あぜん》として言葉を失ってしまった。プライドが高く、決して人前で涙など見せない女性なのに、この脅《おび》えぶりはどうだろう。

「大丈夫だよ」

ぼくはようやくそれだけ言って、彼女の肩を抱きしめた。

「それから、どうしたんだ？」

「覚えてないの。倒れちゃったみたいで……ねえ私怖い。怖い」

「大丈夫だよ。ちょっと疲れてるんじゃないのか。少し横になったら？」

「寝室は厭《いや》」

反射的に彼女は身構えた。ぼくは彼女を抱き上げ、リビングの壁際に据えてあるソファへ連れていった。そこへ寝かせて、掛けるものを取りに行こうとすると、

「どこへ行くの」

と背後から呼び止められる。

「毛布を取ってくるよ」

「だめよ寝室へ行っちゃ」

「平気平気。すぐ戻るから」

ぼくは微笑みを残してその場を離れた。しかし内心は粘つく不安にべったりと支配されていて、息苦しいほどだった。

寝室へ向かう廊下の明かりをつけながら、ぼくは静かに足を運んだ。メゾネット式の住居で、寝室は二階にある。階段の明かりもつけて、一段ずつ上っていく。寝室の扉は開いたままだった。明かりは消えている。

ぼくは息を整え、室内へ入ってすぐに明かりをつけた。中央にダブルベッドが、右手の壁際にピアノ、左手の壁際に鏡台がある。蛍光灯の光が、それらを白々しく照らし出す。もちろん室内に人気《ひとけ》はなく、激しい雨音が辺りを支配していた。おそるおそる鏡台に近づき、鏡の中を覗《のぞ》き込んでみる。

そこには脅え切ったぼく自身の顔が映っているだけだ。何事もない。当たり前のことだ。一応手を伸ばして、二段目の引き出しの把手《とって》を引っ張ってみたが、びくともしない。顔を近づけて目を凝らす。よくできているが、やはり作りものの引き出しだ。これが開くわけはない。

ぼくは緊張を解いて溜息《ためいき》を漏らし、ベッドにかけてある毛布を剝《は》がした。寝室を出る前にふと思いついてピアノの前へ行き、蓋を開けてみる。いつも通り、きれいに磨かれた鍵盤《けんばん》があるだけだ。弾いてみようかとも思ったが、リビングにいる彼女が不安を感じるといけないので、そのまま蓋を閉めた。そして踵《きびす》を返し、寝室を出た。

「ばかばかしい……」

階段の途中でそう呟《つぶや》いたとたん、背後の寝室から微《かす》かにピアノの音が響いたような気がした。驚いて振り向いたが、もう何も聞こえない。耳の錯覚だ。そう言いきかせて、ぼくは階段を下りた。そして不安そうな目をする彼女に、何事もなかったと告げてやり、ソファの上で抱き合って眠った。

翌朝、まだ七時前にぼくは目覚めた。

エアコンをつけたまま寝たので、ひどく喉《のど》が渇いていた。上体を起こして彼女の姿を探したが、どこにもいない。

雨は既に上がっている様子だ。

渋々起き上がり、水を飲んでから彼女の名を呼んでみたが、返事はなかった。リビングにも和室の六畳間にも、もちろん寝室にもいない。ぼくが眠っている内に買物にでも行ったのかとも考えたが、それにしては時間が早すぎる。しかもこの雨の中を、どこへ行くというのか。

不安にかられたぼくは、まず彼女の実家に電話を入れてみた。義母が出て、ここ一週間ほど電話もない、と答えた。詮索《せんさく》されるのも厄介だったので、すぐに電話を切り、リビングへ戻って考え込む。心当たりはまったくない……。

その日を境に、彼女は消えてしまった。

もちろん八方手をつくして探した後、警察にも届けを出したが、何の手掛かりも得られないまま一週間が過ぎた。話を聞いてくれた警官は、頭から家出扱いをしていたが、調べてみると彼女は何の荷物も持ち出していなかった。つまり身ひとつで、白いパジャマを着たままどこかへ行ってしまったわけだ。そんな家出があるだろうか。ぼくは会社に届けを出して休み、家に閉じ籠《こ》もって彼女を待ち続けた。時間だけが、虚《むな》しく流れた。

その間、ぼくはいつも通り寝室で夜を過ごした。気がかりだったので、何度も鏡台を確かめてみたが、これといって変わった様子はなかった。飾りの引き出しはいくら引っ張ってもビクともしなかったし、鏡の中にも自分の姿が映るだけだ。もちろん向かい側のピアノが鳴ることもない。

客観的に考えれば、彼女の失踪《しっそう》とこの鏡台との間に繋《つな》がりがあるはずはない。しかしあの日、アンティーク屋で感じた胸騒ぎを反芻《はんすう》するたびに、そこには目に見えない糸があるように思えて仕方ないのだ。

鏡の中で、見知らぬ女が自分の背後に立っていたと彼女は言っていた。もしかしたら侵入者がいて、寝室のどこかに潜んでいたのではないだろうか。これは一見、現実的な発想のように思われた。しかしぼくの記憶に間違いがなければ、窓も扉も内側から鍵《かぎ》がかかっていた。侵入者がいたとしても、彼女を連れ去ることはできない。

彼女の失踪から二週間が過ぎた夜。

明け方にぼくは何か厭な夢を見て、ベッドの中で目覚めた。闇の中に目を凝らして、しばらくじっと息をひそめていると、何かの気配が身近に感じられた。彼女かもしれない。そう思って部屋の明かりをつけ、室内を見回す。

しかし寝室には、ぼく以外の人間はいなかった。耳を澄ますと、窓の外がざわざわと鳴っていた。雨が降り始めたらしい。

ぼくはベッドへ戻る前に、鏡台のそばへ歩み寄った。ひどくやつれて、生気のない顔色をしたぼく自身の顔がそこに映る。まったくひどい有様だ。

鏡に顔を近づけて、充血した目の具合をよく見ようとした刹那《せつな》、違和感を感じた。鏡の中に映っている寝室の様子が、何か違うのだ。ぼくは振り返って室内を見渡し、もう一度鏡を見た。

そこには実際にあるはずのない家具が映っていた。ベッドの枕元のサイドテーブルだ。ローズウッドの小さなサイドテーブル……しかしそんなものは、現実にはどこにもない。ぼくは自分の目を疑い、何度もまばたきを繰り返した。

その時、鏡台の引き出しの奥で、何かが動く気配がした。鼠のような小動物がごそごそと這《は》い回るような音だ。ぼくは息を呑《の》み、視線は鏡の上に釘《くぎ》づけにしたまま、左手をそっと伸ばして二番目の引き出しの把手を握った。静かに引いてみると、引き出しは音もなく開いた。中には何も入っていない。奥の方で、ごそごそ音がするばかりだ。

閉めよう。

そう思った瞬間、視界の隅を何かが横切った。顔を上げて鏡の中を覗くと、ぼくの背後に白髪の老婆が立っていた。鷲鼻《わしばな》のひどく醜い老婆だ。白い膜がかかったような両目を見開いて、薄笑いを口元に浮かべている。そしてその額には、抉《えぐ》ったような赤黒い小さな穴が開いていた。

ぼくは叫び声を凍りつかせて、背後を振り向いた。しかしそこには誰もいない。からっぽの寝室があるだけだ。もう一度鏡を見る。老婆はいつのまにかぼくの肩に手をかけていた。そして前のめりになって、鏡に顔を押しつけようとしていた。半開きになった口の中が、血糊《ちのり》で真っ赤に染まっている。ぼくは硬直して、身動きできない。鏡の中の老婆はなおも鏡台に近づき、右手を引き出しの辺りへ伸ばした。次の瞬間、ぼくは信じられないものを見た。

開いたままの二番目の引き出しの奥から、皺《しわ》だらけの手が現れ、ぼくに向かって突き出された。何度か空を掻《か》き、断末魔の蛇のように猛《たけ》り狂う。ぼくは硬直したまま、後ずさることもできなかった。やがて老婆の腕はぼくの左手を探り当て、激しく掴《つか》んだ。尖《とが》った爪がぼくの腕に食い込み、鋭い痛みが走る。が、それも束の間だった。

あっというまにぼくは引き出しの中へ引きずり込まれた。辺りは真っ暗になり、耳の中で雨の音が響いた。老婆の腕によって、ぼくは引きちぎられ、解体された。何も見えないけれど、自分が家具に変えられていくのだとはっきり分かる。きっとミセスKの烙印《らくいん》を押されるのだろう。目の前には闇しかない。

どこか遠い所で、ピアノの音がする……。

同窓会の夜

係の人間に案内されて、奥座敷の襖《ふすま》を横へ開くと、なつかしい顔が揃っていた。小さな歓声が上がって、中へといざなわれる。壁際の空いた膳《ぜん》につくと、脇あいからビール瓶を差し出され、グラスにそれを受ける。

「もう一度乾杯」

誰かがそう言って、座敷にいる全員がビールの入ったグラスを捧《ささ》げ持ち、乾杯乾杯とあちこちで声が上がる。既に誰もが出来上がっている様子だ。ぼくはその場の雰囲気に圧倒されながら、グラスを傾けた。

十五年振りの、高校の同窓会である。

遅れて来たのは、直前まで出席するかどうか迷っていたためだ。クラスメートだったKという女性と気まずい別れ方をした過去があり、正直言ってあまり顔を合わせたくなかったのだ。その一方で、Kが今どんな女になっているのか、こっそり垣間見《かいまみ》たい気持もある。出席の返事を出しておきながら直前まで迷っていたのは、そんな複雑な気持が絡み合ってのことだった。

あらためて座敷内を見回してみる。なつかしい顔ばかりだが、Kの姿はそこになかった。クラスの半分、二十人足らずの出席といったところか。案の定、男の出席率の方が高い。女はちょうど子育てに忙しい年代だから、こういう会には出席したくてもままならないのだろう。

「久し振りだなあ。今、どうしてる？」

隣に座っていた赤ら顔の太った男が、声をかけてくる。勧められたビールを受けながらぼくは、

「結構忙しくてね」

と当たり障りのない答えを返す。顔は覚えているのだが、名前が出てこなかったのだ。男はグラスの縁いっぱいまでビールを注ぐと、自分のグラスには手酌でやり、

「あれだっけ、商社だっけ？」

と尋ねてきた。

「いや。広告代理店だ」

「ああ、そうか」

男は納得顔を作ってうなずいた。するとぼくの反対隣に座っていた目のきつい女性が、身を乗り出してきて、

「コマーシャルとか、作ってるんでしょう。噂で聞いたわよ」

と口を挟んできた。やはり顔に見覚えはあるが、名前が出てこない。ぼくは苦笑して、

「制作じゃなくて、営業の方だよ。小さな代理店だから、チラシとか、そういうのばかりだ。しょぼい仕事だよ」

と答えた。その女は一瞬不思議そうな顔をしたが、すぐに笑顔を取り繕って、ぼくにビールを注いだ。

それからぼくらは隣合った三人同士、高校時代の話に花を咲かせ始めた。クラブ活動のことや、修学旅行のこと。放課後に寄り道した喫茶店のことや、体罰好きだった乱暴な体育教師のこと……。

ところが話し込む内に、ぼくは段々奇妙な気分になって、言葉を失っていった。何かが違うのだ。例えばその女が所属していたと言う弓道部など、ぼくの記憶の中にはなかったし、体罰好きの体育教師はその男が言うように老人ではなく、まだ新任の若い教師であったはずだ。修学旅行の行き先も、二人が言うには九州らしいのだが、ぼくが訪れたのは北海道だった。思い出が、どこかしら食い違っている。

間違って別の宴席に迷い込んでしまったのだろうか？

一瞬、そんな不安も感じたが、あらためて眺め渡す座敷内の顔には、どれも見覚えがあ

る。ただ不思議なことに、誰一人として名前が思い出せないのだ。知っているはずなのに、知らない他人。

なつかしいはずの顔の一々をじっと見つめている内に、ぼくは段々気分が悪くなってきた。酔ったのかもしれない。こめかみの辺りを押さえて、じっと不快さに堪えていると、隣の女性がふとした拍子に、

「ねえ、そうよねえ、オカダ君」

とぼくの肩を叩《たた》いた。それは、ぼくの名前ではない。ぼくはぞっとして、思わず席を立った。

「おいおい、大丈夫かオカダ?」

隣の男が声をかける。ぼくはひどく青ざめた顔をしていたらしい。

「大丈夫、オカダ君?」

「何だ、酔ったのかオカダ?」

「オカダ、しっかりしろ」

座敷のあちこちから声が上がる。ぼくはこわばった表情のまま口元を押さえ、座敷を横切って表へ出た。備付けのサンダルをつっかけて、洗面所へ行く。胸がむかむかして、今にも吐きそうだった。

こんなはずはない、これは何かの冗談に違いない。きっと全員で共謀して、ぼく一人をかつごうとしているのだ。ばかばかしい。悪趣味な冗談だ。洗面所で顔を洗ったら、すぐに帰ることにしよう。あんな奴らと酒が飲めるか。

そんなことを考えながら、ぼくは洗面所に辿《たど》り着き、洗面所の前へ行ってかがみ込もうとした。と、その瞬間、壁に張ってある鏡に目がいく。驚きのあまり、ぼくはその場に硬直して動けなくなってしまった。

鏡には、見知らぬ中年の男が驚いた表情で映っていた……。

サカグチの引き出し

サカグチを見ていると、わけもなくいらいらしてしまう。

やることなすことが一々気に障るのだ。体の動きも頭の働きも鈍重で、社内でも取引先でもトラブルばかり起こしている。小学生でもやらないような、単純な連絡ミスが多すぎるのだ。そのくせサカグチは、すぐばれる嘘をつく。口先だけでごまかそうとしてその場だけは切り抜け、後で嘘が発覚しても決して素直にあやまろうとしない。さらに嘘を重ねて、誰か他の人間への責任転嫁をはかろうとする。実に愚劣で、卑怯《ひきよう》な男だ。

むろんぼくだけではなく、会社の誰もがサカグチのことを快く思っていなかった。彼は性格ばかりか容貌《ようぼう》も不潔そのもので、そばへ寄ると小さな獣の檻《おり》のような匂いがした。勤め人らしくない長髪で、茶色がかったレンズの眼鏡を掛け、不健康にむくんだ顔をしている。そして虫歯だらけの前歯を剝《む》き出して、いつもにやにやしている。まったく絶望的な笑顔だった。

そんなふうだから、女子社員たちの間でもサカグチは露骨に嫌われていた。彼がそばへ来ると、それまでかしましくお喋《しゃべ》りをしていた女子社員たちは、申し合わせたように口を噤《つぐ》むか、一斉にぱっと散会してしまう。同じ部屋の空気を吸うのも厭《いや》だと言わんばかりの態度だ。しかしサカグチは女子社員たちが露骨に避けようとすればするほど、それを面白がっているかのように、相変わらずにやにやしながら彼女たちのそばへ行って何やかやと話しかけようとする。女子社員の中には、サカグチの存在が厭で退職を願い出た者さえいるほどだ。

「サカグチを見ていると殴りたくなる」

というのが、同僚や上司の間での共通した意見だった。勤め帰りに飲んで、偶然サカグチの話題になると、誰もがそのことを口にした。上司の中には、サカグチの卑怯未練な嘘にかっとして、つい手を出してしまった者も少なくない。しかしサカグチは殴られても、大して応《こた》える様子もなくにやにや笑いながら自分のデスクへ戻るのだ。

庶務課のフロアの一番奥に据えてあるデスクが、サカグチの城だ。朝十時から夕方六時まで、彼はコンピュータのＣＲＴ画面に向かう。仕事の内容は、まあ簡単に説明するなら商品管理だ。仕入先からの商品を都内各地の倉庫へバランスよく保管し、注文に応じて出荷する。その流れをコンピュータに入力して管理する。それがサカグチの仕事だった。入社当初は営業の仕事をしていたのだが、彼の適性を考えると、対人関係の少ない今の部署に移されたのは当然のことと言える。

「サカグチさんの引き出し、知ってる？」

　ある晩、一緒に残業をした同僚の由美子が、帰りしなにそんなことを言った。ぼくらは既にやるべき仕事を終え、庶務課のオフィスを出ようとしているところだった。

「サカグチの引き出し？　何だい？」

　ぼくは上着を羽織りながら訊《き》き返した。由美子は小走りに近寄って来、広げた掌を差し出した。

「開かずの引き出しよ。サカグチさんの」

　見ると、由美子の掌の上には小さな鍵《かぎ》が載っていた。

「デスクの下に落ちてるのを偶然見つけたの。ねえ、何が入ってるか、見てみたいと思わない？」

「悪趣味だな」

　ぼくは気のない素振りで答えたが、その実好奇心がそそられるのを抑えることができなかった。サカグチのデスクの引き出しは常にしっかりと施錠され、誰も中を見たことがなかった。何が入っているのかと、以前同僚の間で取り沙汰《ざた》されたことがあった。

「開けてみようよ。ねえ」

　由美子は悪戯《いたずら》っぽく瞳《ひとみ》を輝かせながら、肘《ひじ》でぼくの脇腹をつついた。ぼくは辺りを見回

し、他に人影がないことを確かめると、わざとらしく嘆息して、

「しょうがないなあ」

と答えた。ぼくらは二人してサカグチのデスクの前へ行き、ちっぽけな罪悪感を二分するかのように顔を見合わせた。そして短い躊躇《ためら》いの後、サカグチの引き出しの鍵穴へ鍵を差し込んだ。

横幅七十センチ、奥行き五十センチ、深さ十センチほどの平べったい引き出しだ。鍵を回した後、手をかけておそるおそる引き出してみる。

「あ……」

瞬間、由美子が息を呑《の》む声が聞こえた。

引き出しの中には、マッチ棒がぎっしり詰まっていた。火薬のついた頭の色は、赤、紫、黒、茶など様々だ。それらが色別に整然と並べられている。何千、いや何万本という夥《おびただ》しい数だ。そして手に取って子細に眺めてみると、その一本一本の軸には「田中」「吉岡」「大村」「山之内」などと、同僚や上司の名前が蟻のような字で記されていた。ぼくの名も由美子の名も、そこにはあった。

ぼくはぞっとして引き出しを閉めた。隣にいた由美子も、青ざめた顔で宙に視点を結んでいる。

ぼくらはおそらく同じ奇妙な光景を頭の中に思い描いていたはずだ。

夜、同僚たちが帰った人気《ひとけ》のないオフィスに、サカグチはぽつんと一人取り残されている。コンピュータのキーボードを叩《たた》くのに飽きると、彼は鍵を取り出して引き出しを開ける。そして整然と並んだマッチ棒を満足げに眺める。ポケットの中にマッチが入っていれば、それを引き出しの中へおさめる。それからその日に起きた不愉快な出来事を反芻《はんすう》し、彼に対してあからさまな嫌悪を表した人物の名前が書かれたマッチ棒を選び出す。例えば由美子だ。そのマッチをゆっくりと擦って、火を灯す。目の前へ翳《かざ》し、由美子の名前がじわじわと燃えていく様子を眺める。口元に微笑みを浮かべながら……。

そんな光景が一瞬の内に脳裏をよぎり、ぼくらは背筋を寒くした。まるで暗闇の中で得体の知れない柔らかいものを踏みつけてしまったかのような気分だった。

引き出しの鍵を元通りデスクの下へ落とし、ぼくらは無言のまま庶務課のオフィスを出た。そしてサカグチの引き出しの中身については、二度と話題にしなかった。

その一件から二ヵ月ほどして、サカグチは会社をクビになった。誰もが心の中で快哉《かいさい》を叫んだ。特にぼくと由美子は、心底ほっとした。そしてすべてを忘れた。

サカグチが事故で亡くなったという噂を聞いたのは、それから一年ほど経ってからだろうか。事故の内容がどんなものなのかは知らされなかったし、誰もそんな詳細にはこだわろうとしなかった。ただぼくと由美子だけは、サカグチは火事で死んだのだと信じて疑わなかった。むろんそのことを口に出しはしなかったけれども。

瓶の中へ

国籍不明のその男は、パーティ会場の中でひときわ異彩をはなっていた。着ているものが奇抜であったり、態度がエキセントリックであったわけではない。むしろ物静かな様子で壁際の席に腰掛け、伏目がちに酒を飲んでいただけにすぎない。ただ彼は、鼻が異様に大きかった。大人の拳《こぶし》ほどもある鼻が、顔の中央にぶらさがっているのだ。深くうつむいているのは、まともに正面を向いていると鼻自体の重みで鼻の穴が塞《ふさ》がってしまうからなのだろう。周囲の客たちは明らかに彼の鼻を意識していたが、気を遣ってか、あからさまな視線を投げようとはしていなかった。

ぼくは会場を隔てて彼の座っている位置とは反対側の壁際に腰を下ろしていたのだが、その内に何度か目が合った。慌てて視線を逸《そ》らしたのだが、何となく気になる。三度めに目が合った時、彼は微笑んで立ち上がり、こちらへ向かって歩いて来た。ぼくは少なからず動揺したが、かといってその場を逃げ出すわけにもいかない。

「私の鼻に触ってみたいですか」

彼は意外なほど達者な日本語で、まずそう話しかけてきた。ぼくはその通りのことを考

えていたところだったので、思わず「ええ」と答えそうになって、慌てて打ち消した。すると彼は愉快そうに笑い、

「私の鼻に触りたくない人はいません」

と言って、つるりと自分の鼻を撫《な》でた。その様子はとても愛嬌《あいきょう》があったので、ぼくは何となく心を許し、彼としばらく会話を交わすことになった。

彼はターセフという名を名乗り、インドとトルコの混血だと述べた。ぼくは作り笑いでうなずいてみせたが、外国人にありがちな一方的なお喋《しゃべ》りに少々うんざりもした。その内に中央の雛壇《ひなだん》で誰かの挨拶《あいさつ》が始まり、周囲の人々の注意はそちらへ向いた。ぼくも潮時だと思って話を打ち切り、椅子を離れようとしたところ、やや強引な調子で彼に押しとどめられた。

「おもしろいことをして見せます」

彼はそう耳打ちして、にやりと笑った。といっても大きな鼻に隠れて口元は見えないので、目だけが笑っているわけだが。

「この瓶の中へ私が入れるかどうか、賭《か》けませんか」

彼は目の前のテーブルに置いてあるコカ・コーラの瓶を手に取って、そう呟《つぶや》いた。ぼくはその意味がよく分からずに、首をかしげた。

「瓶です。この中へ私が入ることができると思いますか」

「思いません」

ぼくはきっぱりと否定した。からかわれていると思ったのだ。すると彼は満足そうにうなずき、

「では、私は入れる方に賭けます」

そう言って鼻先を瓶の口の上へ持っていき、匂いを嗅《か》ぐような素振りをしてみせたかと思うと、あっというまに目の前から消え失せた。ぼくは驚いて周囲を見回し、それからおそるおそる瓶に目を凝らした。空だったはずの瓶の中に、何やら肉片のような物が満ちている。そのためにコカ・コーラの瓶全体が、肌色に見える。

「何だこれは……」

ぼくは誰にともなく呟いた。しかし周囲にいる人間は、誰も気付かない様子だ。薄気味が悪くなってきたので、そのまま席を離れようとすると、瓶の中から声が聞こえてきた。

「どうです。入れたでしょう」

瓶は確かにぼくに向かってそう囁《ささや》いた。そして軽い呻《うめ》き声を上げ、

「すみません。ここから出るのにちょっと手を貸して貰《もら》えますか」

と嘆願してきた。

「どうすればいいんです?」

半信半疑のまま尋ね返すと、瓶の口へ鼻先を翳《かざ》してくれと言う。気後れを感じながら言われた通りにすると、

「今度はあなたの番です」

そんな言葉がすぐ耳元で響き、ぼくは強烈な力で鼻先から瓶の中へ吸い込まれてしまった。まるで体が鼻の穴へ向かって限りなく収縮していくような感じだ。一瞬目の前が真っ暗になり、しばらくの後に視力が回復してくる。コカ・コーラのぶ厚い、薄緑色の硝子《ガラス》越しに、パーティ会場が見える。実に不思議な風景だ。もっと別の方向を見るために身じろぎをしようとしたところ、体のどの部分がどこにあるのか分からなくて、ぼくは困惑した。全身が炎天下のバターのようになった状態だ。

「どうです瓶の中は。なかなか居心地がよろしいでしょう?」

ターセフの声が響いたので、苦労して頭上を見上げると、丸い瓶口の向こうにゆらゆらと揺れている大きな鼻が見えた。

空白を埋めよ

その夢の輪郭は乾いている。

ある程度硬く、かりかりした殻に包まれていて、中身が分からない。まるで中華料理の春巻のようだ。この殻を食い破ることさえできれば、中にある何かがどろりと流れ出してくるように思えるのだが……。

私は目覚めた。

けれどもしばらくの間、目覚めたのかどうか定かではなかった。瞼《まぶた》を開こうが閉じようが、同じ闇《やみ》に包まれていたからだ。私は何度かまばたきを繰り返し、視力を失ってしまったのだと勘違いして、激しい恐慌に陥った。

あわてて上体を起こす。

同時に体の節々が鋭く痛んだ。特に頭がひどい。頭痛ではなく、後頭部に外傷の痛みがある。痛みがあるということは、つまり既に夢から脱しているということだ。

――落ち着け。

自分に言いきかせる。五感のすべてを研ぎ澄まして、全身の神経をウニの棘《とげ》のように外界へ向ける。

湿っぽい黴《かび》の臭いが、私を包み込んでいる。古い家屋の中に私はいるらしい。尻《しり》の下に湿ったクッションの感触がある。ソファだろうか。黴臭さは、主にこのクッションから漂っているようだ。

家内に物音はなく、私の息遣いだけが聞こえる。ただ家の外には何か……あれは潮騒かもしれない。森が風に鳴っているようにも聞こえる。いずれにしても自然のものだ。都会からは遠く隔たった気配がある。

上体を起こしたまま、ゆっくり首を巡らしてみる。後頭部がきりきり痛むが、我慢して目を凝らす。左手に窓があって、そこから眠たげな光が差し込んでいる。おそらく月明かりだろう。家内の様子を隈《くま》なく知るには、あまりにも弱々しい光だ。

——どこだここは？

月明かりを頼りに、家内の左半分の様子を窺《うかが》う。ぼんやりと輪郭しか分からないが、かなり広いスペースにテーブルが散乱している。テーブルの上に乗っているのは……椅子だろうか？　逆さにして重ねてある。動くものの気配はまったくない。

私は自分の寝ている位置を、もう一度確かめた。身じろぎをして体の位置をずらすと、尻の下でスプリングが厭《いや》な音を立てた。やはりソファらしい。部屋全体の造りは、街道沿いにあるドライブインを想わせる。あるいは海の家か。黴臭さから想像すると、かなり朽ちているに違いないが。

何故こんなところに寝ているのか、その理由が分からない。何がどうしたというのだろう？

私はそっと右手を動かし、痛む後頭部を撫《な》でた。粘つくものが掌に感じられる。目の前に翳《かざ》してみるが、何も見えない。しかしこの粘つきは血糊《ちのり》だろう。既に止まっている様子だが、かなり出血したらしい。ふらつくのはそのせいだろうか。

いつ頭に怪我をしたのか、反芻《はんすう》してみたが上手《うま》くいかない。記憶がぼんやりと霞《かす》んでいるのだ。傷を負った際に、頭の中の螺子《ねじ》が緩んでしまったのだろうか。分からない。さっぱり分からない。

私は息をひそめたまま、他に傷を負っていないか体を点検した。無理な姿勢で寝ていたせいか、関節が錆《さ》びついたように痛む。しかし後頭部を除いては、出血している様子はない。手触りから想像すると、私は半袖《はんそで》のポロシャツに綿の長ズボンを穿《は》いているらしい。足先に触れると、革の感触がある。山歩きに適したゴム底の革靴だ。紐《ひも》もしっかり結んである。

続いてズボンのポケットを探る。

右側には数枚の小銭と、鍵《かぎ》が入っている。鍵は二つだ。取り出すと同時に、一つが部屋の鍵、もう一つは車の鍵であることが分かる。私は少しほっとした。中野にあるマンションの部屋の様子も、その地下倉庫に停めてあるアウディの姿も、はっきり思い出せる。完全に記憶を失ったわけではないらしい。

私は二つの鍵をいじりながら、自分の名前や生年月日、両親のことや出身校のことを思い出してみた。大丈夫。ちゃんと思い出すことができる。

左側のポケットには、煙草とライターが入っていた。ありがたい。私はライターを取り出し、目の前で擦ってみる。顔を顰《しか》めるほど目映《まばゆ》い火花が、闇の中に弾《はじ》ける。しかし火はつかなかった。あわててもう一度擦ると、今度は炎が上がった。眩《まぶ》しくて、反射的に顔を背ける。その視線の先に、古新聞の束があった。ソファの隅だ。

我ながら焦《じ》れったいほど緩慢な動きで、新聞紙を手に取る。と、またもや指先に粘つく感触があった。新聞束の一番上が、血で汚れていたのだ。はっとして手を引っ込めるが、すぐにそれが自分の血であることに気づく。おそらくこの古新聞の束を枕に、私は寝転がっていたのだろう。

もう一度手を伸ばして引き寄せる際に、ふと紙面を見ると、そこには横文字が並んでいた。英字新聞だ。私は首をかしげた。この古ぼけた家屋には、あまりにも似つかわしくない新聞ではないか。

ライターを持つ指先が、堪えがたく熱くなってきた。一旦《いったん》消して、ライターが冷えるのを待ち、その間に新聞紙をねじって棒状にする。やや湿っているが、多分燃えるだろう。同じ形状のものを何本か作り、それから改めてライターを擦る。

炎はすぐに燃え移った。

同時に家内の様々な物の影が壁に沿って起き上がり、意思を持つ動物のように揺らめき始めた。私は一瞬たじろいだ後、燃えさかる新聞紙を巡らせて、家内の様子をぐるりと確かめた。

部屋全体は二十畳ほどの広さがある。ソファの隅に古新聞の束と、その足元に黒いポリ袋。床には雑誌が何冊か散らばっている。漆喰《しっくい》が剝《は》がれかけた壁には、十二年前のカレンダーが掛けてある。数字だけのシンプルなカレンダーだ。

部屋の中央には、思った通りパイプ椅子を逆さにして重ねたテーブルが散乱していた。床は板張りで、あちこち踏み抜いた穴が開いている。

私は炎を手にゆっくり立ち上がり、散乱するテーブルの間を用心深く歩いた。床に落ちている雑誌も、やはり日本のものではない。窓とは反対側、つまり右手に厨房《ちゅうぼう》らしきスペースが見える。入ってみると、案の定流しがあった。鍋《なべ》やフライパンが虚《むな》しく転がっている。蛇口を目にすると同時に喉《のど》の渇きを覚えたので、ひねってみたが水は一滴も出なかった。その位置で壁を見上げると、ブレーカーが目につく。一応スイッチを入れてみたものの、電気は通じていないらしかった。

私は思いついてフライパンを取り上げ、部屋の中央へ引き返した。テーブルの上の椅子を退《の》け、フライパンを置いて、その中へ燃えさかる新聞紙を落とす。それからソファへ戻って古新聞と古雑誌を抱え上げ、火のそばへ運んできた。できるだけ乾いているページを選んで千切り、少しずつ炎の中へ投げ入れる。

煙さえ我慢すれば、これでしばらくは明かりの心配はないだろう。

私はあらためて周囲を見回した。家自体の造りは、簡素なプレハブであるらしい。穿《うが》たれた窓は二つ。入口は一つ。扉は閉まっている。

炎の明かりのもとで眺めると、私の衣服はひどく汚れていた。ズボンもポロシャツも泥で真っ黒だ。

何があったのだろう?

古新聞や床に散らばっていた雑誌から想像すると、どうやらここは日本ではないようだ。水道の蛇口やブレーカーの形状も、見慣れたものとはどこかしら違っていた。海外に私は来ているのだろうか。そして何らかの理由で頭に怪我を負い、この廃屋のソファに運び込まれたのか。あるいは自力でここまで来たのか。

揺らめく炎を見つめながら、私は記憶の糸を手繰《たぐ》り、思いを巡らせた。

私は現在三十五歳で、表参道に小さな店を持っている。経営は順調だ。扱うのはアンティークが中心だが、ここのところ東南アジアの小物が好評を得ていて、しかも唖然《あぜん》とするほど安価に仕入れることができるので、頻繁にバリ島やタイを訪れている。

妻子はなく、気儘《きまま》な生活を送っているが、もちろん恋人は何人かいる。正確には三人、いや二人だ。一人はもう随分以前に別れた。澄枝という女だ。ただこの女は異様なほど私に執着していて、手を焼いている。いくら遠ざけようとしても、つきまとってくる。そのやり口は尋常ではない……。

澄枝のことを思い出すと、私の胸の内にどす黒い悪意が溢《あふ》れた。同時に、薄暗い穴の底に横たわっている彼女の姿が浮かぶ。気絶している様子だ。私はスコップを手に、穴の脇に立っている。

――そんなはずはない。

私はあわてて否定し、頭を振ってその場面を掻《か》き消した。

確かに私は澄枝に対して殺意に近い感情を抱いたこともあったが、それを実行に移すなんて考えられない。私はごく冷静な人間であると自認している。感情にかられて大声を出すことも滅多にないのだ。

――しかしあの女は……。

記憶の歯車が、軋《きし》みながら少しずつ回転し始めた。

澄枝はひどい女だった。

もともとは私の店でアルバイトをしていた女だ。短大を出てぶらぶらしている女の子がいるから使ってくれないかと、知り合いの知り合いから頼まれて、気楽に雇った。それなりに整った顔立ちをしているのに、表情がいつも暗く、無口なので、他の従業員からは疎まれていたようだ。雇い主の私としても決して満足のいくアルバイターとは言いかねた。だから二週間ほど働かせた後に、理由をつけて辞めてもらうことにしたのだ。澄枝は二週間分のアルバイト料を受け取ると、うらめしそうな顔で私を見つめ、不意に泣き出した。私は、ひどく困惑した。人目もあったので彼女を店から連れ出し、お別れ会と称して青山のバーで酒を飲んだ。しかし後になって考えると、この時の軽い同情心がいけなかったのだ。

その夜、私は澄枝を中野のマンションに連れ帰り、一緒にベッドに入った。彼女の肉体はなかなか魅力的だった。繋《つな》がっている間だけ、私は彼女に惹《ひ》かれた。

だから私は彼女のことをかなり粗雑に扱った。それは認める。自分の都合のいい時にだけ彼女を呼び出して、好きなように玩《もてあそ》び、飽きてしまうと明け方でも部屋の外へ放り出したりした。普通、そんな扱いを受ければ、女は二度と近寄ってこないものだ。ところが澄枝は何度でも私の誘いに応じた。私にとっては便利な女だった。

半年ほど、そんな関係が続いた。厄介だったのはその後だ。

澄枝はいつのまにか私の部屋の鍵をコピーして、勝手に出入りをするようになった。私の留守に入り込んで、部屋を掃除したり家具の位置を変えたりし始めたのだ。もちろん私は怒ったが、彼女は言い訳をするでもなく、黙り込んで暗い笑顔を浮かべるばかりだった。鍵はすぐに取り返したが、予《あらかじ》め複数コピーしておいたらしく、何度か同じことが続いた。時期を同じくして、私の別の恋人たちのもとへ奇妙な無言電話が相次ぐようになった。証拠はないが、澄枝の仕業に決まっている。私は苛立《いらだ》ち、ある日扉の鍵自体を替えて、もう二度と近寄らないでくれと彼女に電話で告げた。

この電話の後、澄枝の私に対する厭《いや》がらせは少しずつ異常をきたしていった。まず私の部屋と、店にかかってくる無言電話だ。部屋の方は留守番電話に切り換えてベルも切っておいたのだが、店の電話はそうするわけにもいかない。多い日は一時間に三十回も無言電話があった。ファックスに延々と白紙が送られてくる時もある。一週間もしない内に私は音を上げ、電話番号を変える手続きをした。ところが新しい番号に変えた翌日から、また同じ無言電話だ。二週間とはいえ私の店でアルバイトをしていたわけだから、彼女は重要な取引先の名前くらいは知っている。だからそこへ連絡をして、新しい番号を聞いたのだろう。これではいくら番号を変えてもきりがない。

もちろん私は警察にも相談をした。しかしながら無言電話くらいで本腰を入れて捜査に乗り出すような刑事など、どこにもいないのだ。まして容疑者が二十歳そこそこの娘だと聞くと、逆に私の非を責めるようなことを言い出す始末だ。

「火遊びの後始末は自分でしなくちゃいけませんよ」

息の臭い中年の刑事にそう言われて、私は返す言葉もなかった。

そんなふうに失望した私を狙いすますようにして、ある晩澄枝は訪ねてきた。私は必死で自分を律しながら、お茶を淹《い》れた。外は雨が降っていて、彼女は傘を持っていなかった。だからタオルを貸してやり、できるだけ優しく「風邪をひくぞ」と声をかけてやった。澄枝は髪を拭《ふ》きながら、しばらく泣いた。そして不意に顔を上げると、真剣な口調でこんなことを言った。

「子供ができました。結婚して下さい」

私は啞然とした。

「してくれなきゃ、私死にます」

澄枝は続けて、そう言った。私は冷たい目で彼女を見据えたまま、

「そうしてくれ。無言電話もなくなるわけだ。助かるよ」

低い声で答えた。半ば反射的だったが、本心だった。澄枝はそれを聞くと生気のない、暗い目をして立ち上がり、部屋を出ていこうとした。私はその背中に向かって、言い訳がましくこう言った。

「なあ、もう俺には構わないでくれよ。頼むから。お前はまだ若いんだし、俺なんかにつきまとわなくたって、いくらでも男なんかいるだろう？　もういいじゃないか。勘弁してくれよ」

彼女は振り向かなかった。私の言葉を聞き流し、雨の中へ出ていった。

そして翌日の深夜、表参道の店でボヤ騒ぎがあった。ビル自体にかなり優秀な警報装置が取りつけてあったので、店のごく一部と家具数点を焼失しただけで消し止めたが、私はしばらく口もきけないほどのショックに打ちのめされた。台所のガスレンジに薬缶《やかん》をかけたままだったことが出火原因だと消防署の人間は説明したが、従業員の誰もがそんな覚えはないと弁解した。彼らはおそらく嘘をついていないだろう。澄枝だ。あいつが店の鍵もコピーしておいたのだ。そして夜中に忍び込み、ガスレンジに薬缶を載せてスイッチをひねったのだ。台所の片隅には、商品を梱包《こんぽう》するためのクッション材や包装紙が山ほど積ん

である。これをガスレンジのそばへ引き寄せておけば、簡単に火事になる。私は店へ行って、黒こげになった薬缶や家具やフローリングの床を目の当たりにし、澄枝の悪意を肌で感じた。異常としか言いようがない。こんなことをして一体何になると言うのだ？　私は叫び出したい気持を堪えた。そしてその代わりに、澄枝に対する殺意を胸の奥底に抱いた……。

――馬鹿な。

私は炎から目を逸《そ》らし、こめかみを押さえた。ひどい頭痛がする。

殺意を抱くことと、それを実行に移すこととの間には大きな隔たりがある。そう簡単に一線を越えられるものではない。たかが頭のおかしな小娘一人のために、一生を棒に振る覚悟でそんなことをするなんて、私らしくないことだ。きっと何か他にいい手を考えたはずなのだ。

ところが思い出そうとしても、ボヤ騒ぎがあった時点から後の記憶が甦《よみがえ》ってこない。あれは確か七月の末、三十日のことだ。定休日の翌日だから、水曜日の深夜に騒ぎがあって、木曜日の早朝に店へ行った。そこで消防署の人間から話を聞いて、その後私は……その後私は……。

思い出せない。

今日が何月何日なのか分かればいいのだが、生憎《あいにく》私は腕時計をする習慣がない。まさか何年も経っているというようなことはないだろう？　しかしそれも確証はない。

目の前の炎が消えかけている。私は古新聞を千切りかけ、手を止めた。いつまでもここに留まっているのは、得策とは言えない。表へ出るべきだ。そしてここがどこなのか、今は何月何日なのか、私は何故ここにいるのか、手掛かりを探さなくては。

私は古新聞を足元へ落とし、扉に向かった。一足ごとに、後頭部の傷が疼《うず》く。巨人のように壁の表面を支配していた私の影が、火から離れるにつれて少しずつ小さくなっていく。ノブに手をかけて、静かに回す。鍵《かぎ》はかかっていなかった。扉は厭な音を立てて軋みながら、外へ向かって開いた。

表は、予想以上に明るかった。夜空には思わず見惚《みと》れてしまうほどの星が瞬《また》き、くりぬかれたような満月が青白い光を放っている。家屋の前には、未舗装だが車が行き違えるほどの道が伸びていた。道の両脇にはヤシの樹が密生して、私をじっと見下ろしている。右手の方角から、遠い潮騒……。

やはり日本の風景ではない。

フィリピン、グアム、サイパン、フィジー、タヒチ……今までに訪れた南国の風景を、目の前のそれに重ね合わせてみる。確証はないが、私はこの風景に見覚えがあった。いつ訪れた土地だろう?

付近に人影はまったくない。もちろん人家も見当たらない。潮騒と、私自身の息遣いだけが聞こえる。

私は途方に暮れ、嘗《な》めるように周囲を見回した。と、道を隔てた向こう側の茂みに、何か白い布のようなものが落ちている。洋服らしい。

覚束《おぼつか》ない足取りで近づき、拾い上げてみる。麻のジャケットだった。見覚えがある。これはいつだったか……まだ付き合い出したばかりの頃、澄枝が贈ってくれたものだ。大袈《おおげ》裟《さ》なラッピングを欧米風に引き裂いて、中身を出した記憶がある。あまり私の趣味ではなかったから、一度か二度しか着ていない。これを着て、私はこの国へ来たのか?

探ってみると内ポケットに手帳が入っていた。私のスケジュール帳だ。表紙には今年の年度が刻印してある。ジャケットを小脇に抱え、慌ててページを捲《めく》る。月明かりだけではとても細かい字までは読み取れないので、手元でライターを擦る。書き込みがしてある一番最後のページだ。

八月二十三日から三十日にかけて、赤いボールペンで斜めに線が引いてある。そして私自身の字で「バリ行」と書いてあった。その後には何の書き込みもしていない。

——バリ島……?

そんな予定があったろうかと、記憶の糸を手繰ってみる。バリ島なら小物の買いつけで二度ほど訪れたことがある。昨年の四月と十月だ。しかし八月の後半は毎年休みを取る習慣だから、仕事で訪れているとは考えにくい。プライベートなバカンスだろうか？　だとしたら一体誰と？

鋭く頭が痛んだ。

同時に、また澄枝の姿が脳裏に浮かんだ。穴の底にぐったりと横たわっている。穴の深さは一メートル半ほどだろうか。私は穴の縁に立って、澄枝を見下ろしている。夜だ。月明かりが、彼女の姿をぼんやりと青白く照らし出している。潮騒と、ヤシの葉が風になびく音。まるで驟雨《しゅうう》のようだ。心の中までざわざわする。叫び出したいほどの不安にかられ、私はその場から逃げ出す。茂みの中で何度か転倒しながらも、闇雲に駆ける。後頭部が脈を打っている……。

これは現実なのだろうか。それとも澄枝に対する私の憎しみが生み出した幻想なのだろうか。あるいはドラッグ？　それも考えられる。普段私は海外へ行っても、滅多にそんなことはしないのだが、昨年バリ島を訪れた時は好奇心からマジックマッシュルームという茸《きのこ》を試した。天井が回って気分が悪くなるだけだったが、聞いた話によると、鮮やかな幻覚が見えることもあるらしい。ひょっとしたら私はそれを食し、澄枝を殺す幻覚を見たのかもしれない。

私はジャケットとスケジュール帳を手にしたまま、茫然《ぼうぜん》と立ち尽くし、思いを巡らせた。いずれにしてもここに突っ立っているだけでは、何の変化も訪れない。歩き出すか、あるいは廃屋へ戻って朝まで身体を休めるか、どちらかだ。

私は歩き出した。

当てはなかったが、とりあえず潮騒が聞こえてくる方角に向かう。もしここがバリ島なのだとしたら、海岸線に沿って歩いていけば、いずれは民家なりホテルなりを発見することができるはずだ。できればホテルがありがたい。事情を話して、まず傷の手当てをしてもらおう。ここがどこなのか、何月何日なのか確かめることも忘れてはならない。とりあえず一晩ぐっすり眠って、明日になったら様子を見て対策を考えよう。記憶が戻らないようなら、日本大使館へ連絡を取って助けてもらえばいい。記憶が戻ったら、逗留《とうりゅう》先へ帰るだけのことだ。

——しかし……もしあの幻覚が現実のものだとしたら。

私は足を止めた。澄枝を撲殺して穴の底へ落とし、埋める途中で逃げ出してきたのだとしたら……。これは面倒なことになる。あの状態では、いずれ誰かに発見されてしまうだろう。身元もすぐに割れて、同日に出国している私が一番に疑われてしまう。記憶がまったくないのだと言い張っても、通用しないだろう。私は破滅する。

——どうすればいい？

誰かに出会う前に、確かめる必要がある。私はどういう計画を立てたのだろう。どんな手順で澄枝を殺し、どんなふうに後始末をつけるつもりだったのだろう。

バカンスと称して澄枝を誘い、バリ島を訪れる。滞在は一週間だから、到着してから準備をする時間は充分にある。あの穴は前もって掘っておいたものだろうか。スコップはどこで手に入れたのだろう？　地元の金物屋で買ったりすれば、証拠が残る。日本から持っていったとも考えにくいから、おそらくホテルの庭師か何かが使っているものを盗んだのだろう。そしてある晩、人目に立たない場所へ澄枝を誘い出す。ホテルからは大分離れた場所……ということは、車が必要だ。タクシーを使うのも避けたいので、予めレンタカーを借りているはずだ。澄枝にはたっぷり酒を飲ましてある。それともマジックマッシュルームか？　とにかく酩酊《めいてい》させておけば、色々と仕事がやりやすい。人気《ひとけ》のない海岸近くで車を降り、澄枝の手を引いて茂みの奥へ入っていく。そして一思いに手を下す。方法は絞殺でも撲殺でも刺殺でもいい。とにかく息の根を止めるのだ。それから身元が分からなくなるように服を剝《は》ぎ、穴の底へ落とす。土をかけて埋め、表面をカモフラージュする。後は車に乗ってホテルへ戻るだけだ。途中、どこかで彼女の服を始末する必要がある。例えばさっきの廃屋のような場所で、燃やしてしまえばいい。翌日、私はビーチへ出て、しばらく日光浴を楽しむ。満潮で波が高くなってくるのを見届けてから、ビーチパトロールのところへ行って騒ぐのだ。

「連れの女性が海へ入ったまま、もう一時間も戻ってこない」

青ざめた顔で、そう訴えればいい。それですべてが終わる。死体さえ見つからなければ私が疑われることはない。死体さえ見つからなければ……。

私は再び歩き出し、少しずつ小走りになっていく。今、脳裏をよぎった殺人の計画は、私の想像の中だけのものなのか。それとも現実の記憶なのか。現実だとしたら、私はその計画を半ばで中断し、拙《つたな》い形で放り出してしまったことになる。穴の底に横たわった澄枝の姿……衣服も着せたままだ。すぐに身元が分かってしまう。

私は走り出した。

当てはなかったが、あの現場からそれほど離れてはいないはずだという気がした。どこか、この近くに違いないのだ。海岸の付近で、左手に茂みがあって……。

前方に車が停まっていた。月明かりがその白いボディを、薄青に染めながら照らしている。誰かが乗っている気配はない。間違いない。私が借りた車だ。風景にもぼんやりと見覚えがある。

私は車に近づいて中を確かめた後、左手の深い茂みの中へと分け入った。息が荒くなってくる。また後頭部が痛み始めた。まっすぐだ。そのまままっすぐに進めばいい。茂みにはなぎ倒した跡がある。もっと奥だ。森の中だ。

やがて私は見覚えのある場所に出た。

森が途切れ、腰くらいの高さの草が生い繁った原っぱが続いている。私は肩で息をしながら、周囲を見渡した。右手前方、五メートルほどのところに穴が開いている。あそこだ。あの穴の中だ。

私は静かに、できるだけ足音を立てないようにして近づいた。月は真上にある。穴の底まで見下ろせるだろう。息をひそめ、私は穴の中を覗《のぞ》き込んだ。

誰もいない。

ただの空っぽの穴だった。おそらく戦時中に防空壕《ぼうくうごう》か何かに使うために、掘られたものだろう。かなり古い穴だ。私は安堵《あんど》の溜息《ためいき》を漏らし、穴の縁に佇《たたず》んだ。幻覚だったのだ。

私は誰も殺していない。

次の瞬間、私は穴の中へもんどりうって倒れ込んだ。倒れた拍子に足首をひねり、激痛が走った。何が起きたのか、一瞬分からなかった。私は呻《うめ》き声を上げ、足首を握りしめた。背後から誰かに突き飛ばされたのだ。痛みがおさまってくるにつれ、ようやくそのことに気づく。

「戻ってくるとは思わなかったわ」

頭の上で声がした。見上げると夜空を背景にした人影が、穴の中を覗き込んでいた。澄枝だ。やはり一緒に来ていたのだ。

「まだ効いてるの？　私の声、ちゃんと聞こえる？」

澄枝は楽しげにそう言った。表情は黒く塗り潰《つぶ》されて見えないが、おそらくにやにや笑っているのだろう。私は頰が硬直して、喋《しゃべ》ることができない。

「ずいぶん探したのよ。助かったわ。自分から戻ってきてくれるなんて。今すぐ楽にしてあげるから……」

澄枝は握りしめていたスコップを振り上げた。その瞬間、私はすべてを思い出した。殺そうとしたのは私ではない。澄枝の方だ。あのボヤ騒ぎの後、澄枝は私の部屋を訪ねてきて、一緒に一週間旅行をしてくれれば全部忘れてあげると提案してきたのだ。バリ行きの手配はすべて彼女がした。私は脅《おび》えながら彼女についてきたのだ。一日めも二日めも、彼女は単独で行動した。そして三日めの夜、私たちはルームサービスでマッシュルームの入ったオムレツを食べた。彼女が注文したものだった。私は気分がおかしくなり、妙な夢をいくつも見た。森の中へ連れていかれ、穴へ放り込まれる夢だ。私は抵抗した。頭を殴られたが、必死で彼女を突き飛ばし、逆に穴の中へ落としてやった。それを見届けてから、私は逃げ出したのだ。

澄枝は私の頭めがけてスコップを振り下ろした。耳のすぐそばで、風が唸《うな》る音がする。同時に、強烈な一撃が私の左目に加わった。頭の中が真っ赤になる。

私のものよ。私のものよ。私のものよ。誰にも渡さない。渡さない。渡さない。

歌うような彼女の呟《つぶや》きが、空の高みから聞こえてくる。続いてもう一度、スコップを振り上げる気配があった。風が唸る。私の脳天で火花が弾《はじ》ける。

あとがき

高校の頃、読書家の文学青年たちに揉《も》まれて、ぼくは小説らしきものを書き始めた。最初に手がけたのは、定石通りに短篇小説だった。何故短篇小説だったのかというと、答えは単純明快。

「短いものなら最後まで書けそうだから」

ようするに高校生のぼくは、何が何でも物語を完結させたかったのである。いくら壮大な構想を得、千枚の長篇小説に挑んだとしても、完結させることができなければ何の意味もない。そう思って、十枚以下、長くても二十枚以内の短篇ばかりを好んで書いていたのである。

もちろん出来の方は余り褒められたものではなく、皮肉屋の友人たちからはコテンパンに貶《けな》されてばかりだったが、ぼくとしては内容云々《うんぬん》よりも一篇一篇を完結させたことが、ささやかな誇りであった。そして評論家風を吹かせる友人に対しては、

「これはまあ、お稽古《けいこ》だから」

と言い訳することにしていた。この言い訳はその後大学に入ってからも、大学を出てコピーライターになってからも使っていたので、友人たちから、

「お稽古ばっかりしやがって、一体いつになったら本番があるのだ！」

などと逆襲されることもしばしばであった。まあ十六歳で書き始めてから十年近く、お稽古お稽古と言い訳しながら五、六枚の短篇モドキばかりを書いて、ダンボール箱に溜《た》める一方だったから、糾弾されてもいたしかたない。

しかし今にして思うと、コツコツと十年も続けていたデッサンのような作業は、決して無駄ではなかった。技術的にも精神面でも、そこから学ぶものは多かったし、十年の間にぼくの短篇に対する思い入れの角度も、良い方向へ変わったと思う。

昔から優れた短篇小説を書くためには「一尾の鮎《あゆ》を描くように」とか「きつく絞った布《ふ》巾《きん》をお膳《ぜん》の上へ置くと、徐々にふわっとなってくる。ああいう感じ」とか「ぎゅっと絞り、ぱっと広げて終わるのがよろしい」とか、色々なことが言われているが、最初はぼくもこれらの言葉を座右の銘にして短篇を書こうとしていた。もともと志賀直哉が好きで書き始めたようなところもあったから、伝統的な日本文学の流れの中にあるカチッとした短篇に憧《あこが》れていたのである。しかし最近は少々考え方が変わってきた。

短篇小説は作家にとって実験室であるべきだと思う。もちろんひとつのモチーフを何度

も書くことによって、完成度を深めていくという方法もあるけれど、それはぼくのような駆け出しが選ぶべき方法ではない。駆け出しは駆け出しらしく、失敗して嘲笑《ちょうしょう》を浴びることを覚悟の上で実験をするべきだと思う。深めるべきモチーフは、その中から発見していけばいい。

そういった意味で、この短篇集もぼくにとってはひとつの実験であった。六、七枚の短篇でどんなことができるのか。どれくらい変わった手触りのものが書けるか。しかも一人よがりなものにならないためには、どうすればいいのか。そんなことを、ここで実験してみたつもりである。

気にし過ぎの人

横内謙介（劇作家・演出家）

ある朝、目覚めたら虫になっていた、という人がかつていた。あまりに理不尽な出来事だったので、その苦悩を小説にした人がいて、それは立派な文学になった。念のために断っておくけれど、ある朝目覚めたら無視されていたのではない。それはこの世にはよくあることで特に珍しい話ではなかろう。文学の主人公は虫、それもカブトムシみたいなのに変身していたのだ。タイトルもそのまんま『変身』という。

この文学は私たちが青年の頃（私は原田さんより二つ歳下の'61年生まれだ。ついでに言えば同じ早稲田の文学部演劇科だったらしい）は、当然読んでいるべき世界の名作であったものだが、最近の若者は本を読まないし、タイトルを知らぬことさえ恥とも思っていないのでかなり知名度が低くなっている。たまたまそういう若者と話をしていた時にこの小説の話題になって、案の定、読んでいなかったその若者に簡単にストーリーを説明してやった。ストーリーで説明なんかしたら身も蓋《ふた》もない種類の文学で、本来は哲学的考察なんかふまえつつ解説すべきものである。けれどそんなこと私にはとても無理だし、できたとしても彼には理解不能だったろうから、そうするしかなかったのである。そのストーリーを聞いた彼の感想がこれである。

「気にし過ぎっすネ」

「は?」

「いいじゃないスか。虫でも人間でも、どっちだって元気なら」

世界的文学は一刀両断の下に、気にし過ぎた人の神経症的な告白ノートにされてしまった。

だが君、そういうことを深く気にするからこそ、考えるという人間としての最高の営みも始まり、文学だって生まれるのではないかね、と反論したかったけど、そもそも文学なんかどうでもいいと思ってる彼には、その言葉も届きそうになかったし、何より「気にし過ぎっすネ」というハワイの青空のように(行ったことないんだけど)突き抜けた明解さに対抗できる明解な言葉を私には用意できる自信がなかった。つまりその時、私は見事に言い負かされたのだった。若者はナーンとも思ってなかっただろうが。

しかし「気にし過ぎっすネ」と言ってしまえば、この短編集に描かれた世界もどれもこれもが見事に「気にし過ぎ」の世界である。

「ある朝、目覚めたら額に×がついていたって、それが何だと言うのですか？　そんなもの生きていれば当然あることでしょう。私なんか常時5、6個は×が付いてますよ、気にし過ぎ、気にし過ぎ、ガハハ」とか。

「アンティーク好きの奥さんが突然消えたって、消えちゃったもんしょうがないでしょ。そんなもん最初からいなかったと思えばへっちゃらです。気にし過ぎ、気にし過ぎ！」とかね。

あまりにイチイチ気にし過ぎるものだから、この作品の中では原田さん自身が世間の人にたしなめられてもいる。

ある日、原田さんは街角で固結びで捨てられている人間をみつける。そして慌てふためき警察に通報までしてしまうのであるが、それはまったく見当違いで愚かな行為だった。と言うのも、世間の常識では固結びにされていれば人間は捨ててもいいことになっているからだ。原田さんはまたしても気にしなくていいことを、気にしてしまったのである。しかし長く異国に拉致《らち》されていたわけでもなかろうに、そんな基本常識もわきまえずにどうやって今まで生きて来たのか心配になってくるが、それはさておき常識的に考えるなら、たとえば同じ牛であっても、丸ごとではなく皮をはがれ解体され精肉化されたカタチで落ちていたとしたら、騒ぐ人なんかいないものだ。原田さんだってきっとそのまま気にせず通り過ぎただろう。同じように固結びにされていれば人間ももはや人間と思わなくてもよいという常識がこの世にはあるのである。スーパーに並ぶ牛肉パックを、無惨な牛の死体の山だと思わなくてもいいように。

ましてやこの場合は人間である。牛と人間のどちらに捨てるべき個体が多いか。BSE騒動以降は牛にもかなり問題は多くなってはいる。可哀想だけど、捨てなきゃいけない牛も増えているだろう。それでもやはり、食べて美味《おい》しく皮革までさまざま役立つ牛さんよりは常に利己的な欲望にまみれ、隙あらば嘘と不正の限りを尽くす人間どもの方に、固結びにして捨てるべき不良品は多いのではないだろうか。

人間が捨てられているからって、そんなもの気にしなくていいんですよ、原田さん。誰だって捨てたい人間の一人や二人いるんですから。それも正しく固結びならノープロブレム！　気にし過ぎ、気にし過ぎ！　なのである。

厳密に言えば小説の登場人物の行為だから、原田さん本人と重ねてはいけないのかもしれないのでしょうけどね。最近、病気がちだと噂に聞くので余計に心配になってきますね。

それでも、そんなふうにイチイチ気にしてしまう原田さんの姿勢は私にとって決して不快なものではない。と言うよりも、いろんなことを気にしないでおこうとばかりする傾向がある今の世の中にあって、イチイチ立ち止まって気にする原田さんにむしろ深い親しみを感じる。それは懐かしさと言ってもいいかもしれない。とりあえずは小難しい文学なんかも、分からなくても分かったふりしたり、分かろうとしたりした世代の共通の意識と言うか、極めて軟弱で議論なんか嫌いなんだけど、考えることは止めちゃいけない、考え続けなくちゃいけないと、そういうルールをギリギリ守ってきた同時代人としての共感かな。思えば私と原田さんは’80年代の小劇場ブームの頃には、新しい芝居の書き手の好敵手として並べられたりしていたものだ。実はそんなに親しくもなく、互いに熱心な読者でも観客でもないのだけれど、並べられたなりの理由はあったのだろうなと思う。

　うちの若い劇団員に怪しいほどに安い家賃の部屋に住んでいる者がいる。一説には自殺者が出たとか何とか。しかし真偽は定かではない。本人が探求しないのだ。

「聞いちゃうとたぶん気になるから、聞かないでおこうと思って」

たくましいと言えばたくましい決意である。そんな彼にとってみれば、たとえば部屋に奇怪な穴が開いているぐらいのことは何ほどのことでもあるまい。原田文学の主人公とは違い、何も気にせずそこに住むのだろう。儲《もう》けたぜ、なんて呟《つぶや》いて。そしてたとえばある日、その穴が自分の身の上にまで移動して来て、結果として胸に穴が開いてしまっても、たいして気にもしないのかもしれない。そもそもきっとその穴だって、原田さんが気にして言うほどの重大な穴ではないのだ。たぶん誰の胸にも開いてるような穴だし、鈍感な人の眼には見えないようなものかもしれない。実際に気にしなくてもいいようなコトを必死に気にして洞察した結果、原田さんは心に感じた空虚な気分は壁の穴とは無関係だったという当たり前過ぎて呆《あき》れてしまう結論に至っている。

それでも気にすることによってそこに私たちが忘れかけている大切なものの存在が明らかになる。一言で言えばそれは人生における出会いと別れだ。日常的にあまりにもいろんな人やモノと出会って別れるから、現代人はそれらをイチイチ気にすることをやめることにした。けれどつまらぬ穴一個との出会いと別れも、気にし過ぎるほど気にしてみれば、そこに人生の深淵が見えてくる、なんて言うのはちょっと大袈裟《おおげさ》に気にし過ぎかな。

本書は、一九九七年六月に徳間文庫から出された作品を
角川文庫に収録したものです。

どこにもない短篇集《たんぺんしゅう》

原田宗典《はらだむねのり》

平成15年 2月25日　初版発行
令和7年 10月10日　7版発行

発行者●山下直久

発行●株式会社KADOKAWA
〒102-8177　東京都千代田区富士見2-13-3
電話　0570-002-301(ナビダイヤル)

角川文庫 12837

印刷所●株式会社KADOKAWA
製本所●株式会社KADOKAWA

表紙画●和田三造

ISBN978-4-04-176214-1　C0193

◆◆◇

角川文庫発刊に際して

角川源義

第二次世界大戦の敗北は、軍事力の敗北であった以上に、私たちの若い文化力の敗退であった。私たちの文化が戦争に対して如何に無力であり、単なるあだ花に過ぎなかったかを、私たちは身を以て体験し痛感した。西洋近代文化の摂取にとって、明治以後八十年の歳月は決して短かすぎたとは言えない。にもかかわらず、近代文化の伝統を確立し、自由な批判と柔軟な良識に富む文化層として自らを形成することに私たちは失敗して来た。そしてこれは、各層への文化の普及滲透を任務とする出版人の責任でもあった。

一九四五年以来、私たちは再び振出しに戻り、第一歩から踏み出すことを余儀なくされた。これは大きな不幸ではあるが、反面、これまでの混沌・未熟・歪曲の中にあった我が国の文化に秩序と確たる基礎を齎らすためには絶好の機会でもある。角川書店は、このような祖国の文化的危機にあたり、微力をも顧みず再建の礎石たるべき抱負と決意とをもって出発したが、ここに創立以来の念願を果すべく角川文庫を発刊する。これまで刊行されたあらゆる全集叢書文庫類の長所と短所とを検討し、古今東西の不朽の典籍を、良心的編集のもとに、廉価に、そして書架にふさわしい美本として、多くのひとびとに提供しようとする。しかし私たちは徒らに百科全書的な知識のジレッタントを作ることを目的とせず、あくまで祖国の文化に秩序と再建への道を示し、この文庫を角川書店の栄ある事業として、今後永久に継続発展せしめ、学芸と教養との殿堂として大成せんことを期したい。多くの読書子の愛情ある忠言と支持とによって、この希望と抱負とを完遂せしめられんことを願う。

一九四九年五月三日

角川文庫ベストセラー

走れメロス　100分間で楽しむ名作小説　太宰治

妹の婚礼を終えると、メロスはシラクスへと走りに走った。約束の日没までに暴虐の王のもとに戻らねば、身代りの親友が殺される！　命を賭けた友情の美を描く表題作の他「富嶽百景」「東京八景」を収録。

文鳥　100分間で楽しむ名作小説　夏目漱石

「鳥をお飼いなさい」言われるがままに手に入れた文鳥は千代千代と鳴いた。かそけき命との暮らしを克明に描くことで、作家の孤独に迫った表題作「文鳥」の他「夢十夜」「琴のそら音」を収録。

晩年　太宰治

自殺を前提に遺書のつもりで名付けた、第一創作集。〝撰ばれてあることの　恍惚と不安と　二つわれにあり〟というヴェルレエヌのエピグラフで始まる「葉」、少年時代を感受性豊かに描いた「思い出」など15篇。

女生徒　太宰治

「幸福は一夜おくれて来る。幸福は――」多感な女子生徒の一日を描いた「女生徒」、情死した夫を引き取りに行く妻を描いた「おさん」など、女性の告白体小説の手法で書かれた14篇を収録。

走れメロス　太宰治

妹の婚礼を終えると、メロスはシラクスめざして走りに走った。約束の日没までに暴虐の王の下に戻らねば、身代わりの親友が殺される。メロスよ走れ！　命を賭けた友情の美を描く表題作など10篇を収録。

角川文庫ベストセラー

斜陽　太宰　治

没落貴族のかず子は、華麗に滅ぶべく道ならぬ恋に溺れていく。最後の貴婦人である母と、麻薬に溺れ破滅する弟・直治、無頼な生活を送る小説家・上原。戦後の混乱の中を生きる4人の滅びの美を描く。

人間失格　太宰　治

無頼の生活に明け暮れた太宰自身の苦悩を描く内的自叙伝であり、太宰文学の代表作である「人間失格」と、家族の幸福を願いながら、自らの手で崩壊させる苦悩を描き、命日の由来にもなった「桜桃」を収録。

ヴィヨンの妻　太宰　治

死の前日までに13回分で中絶した未完の絶筆である表題作をはじめ、結核療養所で過ごす20歳の青年の手紙に自己を仮託した「パンドラの匣」、「眉山」など著者が最後に光芒を放った五篇を収録。

ろまん燈籠　太宰　治

退屈になると家族が集まり〝物語〟の連作を始める入江家。個性的な兄妹の性格と、順々に語られる世界が重層的に響きあうユニークな家族小説。表題作他、バラエティに富んだ七篇を収録。

津軽　太宰　治

昭和19年、風土記の執筆を依頼された太宰は3週間にわたって津軽地方を1周した。自己を見つめ、宿命の生地への思いを素直に綴り上げた紀行文であり、著者最高傑作とも言われる感動の1冊。

角川文庫ベストセラー

三四郎　夏目漱石

大学進学のため熊本から上京した小川三四郎にとって、見るもの聞くもの驚きの連続だった。女心も分からず、思い通りにはいかない。青年の不安と孤独、将来への夢を、学問と恋愛の中に描いた前期三部作第1作。

それから　夏目漱石

友人の平岡に譲ったかつての恋人、三千代への、長井代助の愛は深まる一方だった。そして平岡夫妻に亀裂が生じていることを知る。道徳的批判を超え個人主義的正義に行動する知識人を描いた前期三部作の第2作。

門　夏目漱石

かつての親友の妻とひっそり暮らす宗助。他人の犠牲の上に勝利した愛は、罪の苦しみに変わっていた。宗助は禅寺の山門をたたき、安心と悟りを得ようとするが。求道者としての漱石の面目を示す前期三部作終曲。

こころ　夏目漱石

遺書には、先生の過去が綴られていた。のちに妻とする下宿先のお嬢さんをめぐる、親友Kとの秘密だった。死に至る過程と、エゴイズム、世代意識を扱った、後期三部作の終曲にして、漱石文学の絶頂をなす作品。

明暗　夏目漱石

幸せな新婚生活を送っているかに見える津田とお延。だが、津田の元婚約者の存在が夫婦の生活に影を落としはじめ、漠然とした不安を抱き――。複雑な人間模様を克明に描く、漱石の絶筆にして未完の大作。